Reinhard Höhne • Die Feuerprobe

Reinhard Höhne

Die Feuerprobe

Kurzgeschichten

FOUQUÉ LITERATURVERLAG
Egelsbach • Frankfurt a. M. • München • New York

Die Deutsche Bibliothek – CIP-Einheitsaufnahme
Höhne, Reinhard: Die Feuerprobe : Kurzgeschichten / Reinhard Höhne.–
Egelsbach ; Frankfurt a.M. ; München ; New York : Fouqué, 1999
ISBN 3-8267-4548-5

Autor und Verlag unterstützen das Albert-Schweitzer-Kinderdorf in Hessen e.V.,
das verlassenen Kindern und Jugendlichen ein Zuhause gibt.
Wenn Sie sich als Leser an dieser Förderung beteiligen möchten, überweisen Sie bitte
einen – auch gern geringen – Betrag an die Sparkasse Hanau, Kto. 19380, BLZ 506 500 23,
mit dem Stichwort »Literatur verbindet«, Autor und Verlag danken Ihnen dafür!

Imprint der Verlagsgruppe Dr. Hänsel-Hohenhausen®
Egelsbach • Frankfurt a.M. • München • New York
Boschring 21-23 • D-63329 Egelsbach • Fax 06103-44944 • Tel. 06103-44940

ISBN 3-8267-4548-5
1999

Satz und Lektorat: Nicole Brausen

Printed in Germany

Inhalt

Im Haus der zerbrochenen Seelen 7
Herr Zetzsche 13
Straßensammlung 17
Dankbarkeit 25
Die Feuerprobe 27
Eine langweilige Geschichte 31
Die Postkarte 35
Militärisches 37
Imbißstube 39
Im Altersheim 43
Die Weihnachtsfeier 47
Abfall 51
Brennholz 55
Zwanzig Zentner Brikett 57
Philosophie 61
Das Inserat 71
Im Spielkasino 77
Die Bekanntschaft 83
Trennungsschmerz 87
Die Heilung 95
Des Wegs Beginn 101

Im Haus der zerbrochenen Seelen

Es war zwischen Weihnachten und Neujahr, als ich in die psychiatrische Klinik eingewiesen wurde. Ich hatte kurz nach dem Ewigkeitssonntag einen Zusammenbruch erlebt, als ich einen Brief bekam, der auf ein qualvolles Erlebnis aus meiner Jugendzeit anspielte. Ich versank in tiefe Depressionen, lag den ganzen Tag auf der Couch und schaltete im Fernsehen den Sportkanal ein. Die durchtrainierten Körper junger Sportler und Sportlerinnen faszinierten mich in gleicher Weise. Ansonsten sprach ich nur das Notwendigste und verspürte ständig einen lastenden seelischen Druck. Krampfhaft war ich bemüht, nicht an meine Vergangenheit zu denken, aber auch die Gegenwart und noch weniger die Zukunft vermochten mich aufzuhellen.

Kurz und gut, mein behandelnder praktischer Arzt wußte sich keinen Rat mehr, der Facharzt war nicht zu erreichen, meine Frau wollte einige Tage verreisen, und so brachten sie und ein Verwandter mich mit dem Wagen in die Klinik.

Nach der ärztlichen Aufnahme wurde mir in einem Dreibettzimmer ein Platz zugewiesen. Meine Frau verabschiedete sich von mir, ich wünschte ihr eine gute Fahrt und bedankte mich für die geleistete Hilfe, und so begann meine Zeit in der geschlossenen Abteilung.

Die Klinik befand sich außerhalb der Stadt und war um die Jahrhundertwende gebaut worden. Die Räume waren hoch, gelb gestrichen und jeweils durch einen breiten Korridor getrennt. In der Mitte der Abteilung befand sich der Aufenthaltsraum, dort stand um diese Zeit ein geschmückter Weihnachtsbaum und daneben der Farbfernseher. Er lief ständig. Neben dem Aufenthaltsraum befand sich noch ein schmaler Raum mit rohgezimmerten Holztischen und Kunststoffstühlen, in welchem geraucht werden durfte.

Obwohl ich Nichtraucher bin, setzte ich mich mit dorthin und besah mir meine Leidensgefährten. Die Stube war voller Zigaret-

tenrauch, andere brühten sich einen löslichen Kaffee auf. Wir waren eine gemischte Abteilung, also Frauen und Männer. Ein untersetzter, kräftiger Bursche saß mir gegenüber. Ich fragte ihn, weshalb er hier wäre. Er machte eine Bewegung, als führe er ein gefülltes Glas zum Mund. „Alkohol", mehr sagte er nicht. Ein anderer, auch noch ziemlich jung, trat auf mich zu.
„Sie müssen Majestät zu mir sagen."
Ich war perplex und sagte: „Du spinnst wohl."
(Später erfuhr ich, daß er ein begabter Maler war. Er hatte schon verschiedene Ausstellungen veranstaltet. Bevor ich die Klinik verließ, wurde dort eine Anzahl seiner farbigen Bilder ausgestellt. Leider konnte ich nicht dabeisein.)
„Wie heißt du?" fragte ich ihn.
„Frank. Und du?"
„Rainer."
Er begann zu erzählen.
„Meine Mutter will mich entmündigen lassen. Was soll ich nur tun?"
„Wende dich an die Ärzte", riet ich ihm.
„Kennst du deine Diagnose?"
„Schizophrenie."
„Das sagt man bei mir auch, aber die Fachärzte sind sich nicht einig."
„Alles Scheiße", brummte er und steckte sich eine Zigarette an.
„Du rauchst wohl nicht?"
„Habe es mir abgewöhnt. Gott sei Dank", fügte ich hinzu.
Ein junger, intelligent aussehender Mann trat an unseren Tisch. Er begrüßte mich. „Hab schon gehört", sagte er, „unser neuer Zimmergenosse."
Er reichte mir die Hand und sofort sprang ein Funke zwischen uns über. Ich fühlte mich zu ihm hingezogen. Wir sollten gute Freunde werden.
Er sei Staatsanwalt und seit vier Wochen hier. Kurz vor einer beabsichtigten Reise nach Israel habe man ihn eingewiesen.
„Trinkst du einen Kaffee mit? Warte, ich hole dir eine Tasse."

Aus einer runden Dose füllte er einen Kaffeelöffel voll Pulver ein.
„Genug“, sagte ich, „ich kann sonst nicht schlafen.“
Wir tranken den heißen Kaffee. Er hatte ein Buch bei sich, „Exodus“ von Leon Uris.
„Oh“, sagte ich, „das habe ich auch. Hast du es schon gelesen?“
„Bin eben dabei.“
„Ist es nicht großartig?“ (Es war eine Geschichte des Staates Israel in Romanform.)
„Kann man wohl sagen“, entgegnete er.
„Du“, sagte ich, „ich versuche selbst zu schreiben.“
„Interessant. Und was, wenn ich dich fragen darf?“
„Kurze Prosa. Aber weißt du, in letzter Zeit ...“
„Das wird schon wieder.“ Er lächelte freundlich.
Eine junge Frau mit schwarzem, fettig glänzenden Haar setzte sich an unseren Tisch.
„Ah, ein Neuer.“
„Freut mich. Bin Rainer“, stellte ich mich vor.
„Und ich heiße Monika. Willst du eine rauchen?“ fragte sie mich.
„Danke, ich habe es mir abgewöhnt.“
Sie unterhielt sich mit dem Staatsanwalt.
Es war eine bedrückende Atmosphäre, und doch - die Kranken waren ruhig und freundlich zueinander.
Am anderen Morgen betrat ich den Waschraum. Ein älterer Patient hatte sich mitsamt seiner Kleidung in eine Sitzbadewanne voller Wasser gesetzt.
„Nanu“, fragte ich ihn, „zu was soll denn das gut sein?“
Er feixte über das ganze Gesicht.
„Die Sachen müssen sowieso gewaschen werden.“
(Später wurde er deswegen von der Stationsärztin zur Rede gestellt. Es geschah während der allmorgendlichen Visite. Diesmal wußte er zu seinem Verhalten nichts zu sagen.)
Beim Frühstück saß ich mit dem Staatsanwalt zusammen. Er hieß Arnulf und war geschieden, nach der Wende war er in diesen Teil unseres Landes gekommen.

Ich fühlte mich hundeelend und legte mich wieder ins Bett, so auch die kommenden Tage. Manchmal schaute Arnulf ins Zimmer. Ich bat ihn, sich zu mir auf die Bettkante zu setzen, ich stützte mich auf.

Dann erzählte ich ihm aus meinem Leben. Wie ein falscher Freund zu meinem jetzigen Zustand beigetragen habe.

„Ja", meinte Arnulf, „das sind so psychologische Wechselwirkungen."

„Bei Gericht mußt du dich doch auch mit diesen Problemen befassen?"

„Das stimmt. Es gehört zu meinem Beruf."

Ich war schon dankbar, daß mir jemand zuhörte.

Die Ärztin schlug die Bettdecke zurück und betastete meine unruhigen Beine.

„Sie dürfen vorläufig die Abteilung nicht verlassen."

Oh, keine frische Luft. Wie würden dann die Nächte werden? Ich schlief sehr schlecht.

Ein freundlicher junger Krankenpfleger schaute zur Tür herein.

„Mittagessen."

„Ich habe keinen Hunger."

„Aber bitte", bat er mich, „stehen Sie nur auf und essen Sie wenigstens etwas."

Es gab gekochten Fisch, Kartoffeln und Rotkohl. Das Essen war gut.

Der Nachmittag verging. Ich stand einmal auf und ging auf den Flur. Die Kranken saßen auf den Bänken zwischen den Türen. Eine temperamentvolle Frau in den mittleren Jahren setzte sich zu mir und streichelte mein Gesicht.

„Ich bin Ursula und habe dich einfach gern."

Ich stellte mich vor. (Einige Tage später wurden wir beide in eine andere Abteilung verlegt. Spontan küßte sie mich auf den Mund. Was soll's, sagte ich mir. Alle sitzen wir im gleichen Boot.)

Ein Mann im vorgerücktem Alter sprach nur Englisch. Er war Ausländer. Ich zeigte ihm eine christliche Illustrierte.

„Kennen Sie Billy Graham?"
Er verstand den Namen und nickte: „Very well."
Ein sympathisch aussehender Mann im schwarzen Mantel betrat die Abteilung. Er sprach mit dem Engländer in dessen Muttersprache, dann führte er ein längeres Gespräch mit dem Staatsanwalt.
Bestimmt ein Richter, dachte ich. Erst später erfuhr ich: Es war der katholische Anstaltspfarrer.
Am Abend betrat ein hochgewachsener, junger Bursche das Krankenzimmer. Ich hatte mich wieder ins Bett gelegt. Er belegte - neben dem Staatsanwalt - das dritte Bett im Raum.
„Kannst du mir dein Radio anstellen?" bat ich ihn.
Er war einverstanden.
„Stellst du einmal MDR Kultur ein?"
„Kannst du mir die Wellenlänge angeben, dann mache ich es."
Ich konnte es nicht. Unterhaltungsmusik erklang.
„Laß es so", sagte ich. „Bist du schon lange hier?"
„Ein Vierteljahr. Nächste Woche werde ich entlassen."
„Und was hast du?"
„Schizophrenie."
Diese schreckliche Krankheit, die das Wesen eines Menschen so verändert.
Sylvester rückte heran. Ich stöhnte: „Das wird der traurigste Sylvester in deinem Leben." Aber es kam anders.
Im Fernsehen wurde die Neunte Sinfonie von Ludwig van Beethoven aus dem Gewandhaus in Leipzig übertragen. Kurt Masur dirigierte. Stillschweigend waren alle damit einverstanden, daß ich die Musik hörte. Ich lebte etwas auf und blieb bis Mitternacht im Aufenthaltsraum sitzen. Hin und wieder setzte sich Arnulf zu mir.
Um Mitternacht gab es ein heißes Getränk, alkoholfrei, und wir beglückwünschten uns gegenseitig. Ein eigenartiger Beginn des neuen Jahres.
Am Neujahrstag kam der evangelische Krankenhausseelsorger und holte einige Patienten zum Gottesdienst ab. Ich schloß

mich ihnen an. Auch Arnulf kam mit, obwohl er katholisch war.
Wir saßen in der kleinen Anstaltskapelle. Für den Engländer sangen wir „Herbei, o ihr Gläubigen“ in seiner Muttersprache.
Anschließend besuchte mich meine Frau. Sie war von ihrer Reise zurückgekehrt. Ihr fröhliches, optimistisches Wesen teilte sich mir wohltuend mit.
Ich gestand ihr, daß ich nicht mehr beten könne. „Alle sind freundlich, und doch - ist es so finster in mir.“
Spontan faltete sie meine Hände und sprach ein Gebet.
In diesem Augenblick war der dunkle Bann gebrochen, und ich konnte mein Glaubensleben wieder aufrichten. Es wurde mir auch erlaubt, zusammen mit Arnulf und dem Engländer einen Spaziergang durch den Park zu unternehmen. Beide hakten mich unter, und ich pumpte meine Lungen voll frischer Luft. Auch das trug zu meiner Wiederbelebung bei.
Am nächsten Tag wurde ich auf eine andere Station verlegt. Dort blieb ich sieben Wochen lang. Wir Patienten bildeten eine gute Gemeinschaft. Oft spazierten wir durch den Park, machten gymnastische Übungen und erledigten das Therapieprogramm.
Waren auch unsere Seelen gebrochen, die Herzen fanden zueinander. Und das ist wohl das Wichtigste im Leben.

Herr Zetzsche

Als ich zehn Jahre alt war, ging der furchtbare zweite Weltkrieg zu Ende. Die halbe Welt lag in Trümmern, äußerlich wie innerlich. Fast in jeder Familie gab es einen Toten, die Häuser waren zerbombt, die Städte glichen Ruinenfeldern; viele Menschen waren heimatlos geworden und bevölkerten mit geringem Hab und Gut die Landstraßen. In dieser Situation kehrten Kriegsgefangene zurück zu ihren Familien.

Unter ihnen war Herr Zetzsche. Vor seiner Einberufung hatte er zusammen mit meinem Vater im Büro einer Wellpappenfabrik gearbeitet. Er war verheiratet und hatte einen Sohn. Später verließ der Sohn unsere kleine Stadt und zog nach Westdeutschland. So waren die Eheleute allein. Sie bewohnten ein eigenes Haus am Rande der Stadt.

Nach seiner Heimkehr besuchte uns Herr Zetzsche. Er war ein mittelgroßer, etwas untersetzter Mann. Mit fröhlichem Gesicht erzählte er meinen Eltern und mir, wie er sich in den dunklen Jahren tapfer durchgeschlagen hatte.

Nach diesem Besuch verlor ich ihn zunächst einmal aus den Augen. Ich hörte nur, daß er auf einer der umliegenden Kohlengruben arbeitete.

Jahre vergingen. Ich arbeitete in einer Buchdruckerei im Thüringer Wald und kehrte mit meiner ersten Ehefrau in die kleine Stadt zurück.

Ich suchte eine Anstellung und fand sie schließlich bei einem Vertragshändler für technische Öle und Fette. Dort wurde ich als Bürokraft eingestellt. Außer mir waren noch der Bruder des Chefs als Kraftfahrer und Herr Zetzsche als Lagerist beschäftigt.

Täglich wurde die Ware mit einem Lastauto an die Kundschaft ausgeliefert. Dies besorgten der Bruder und Herr Zetzsche. Bei den gemeinsamen Fahrten sprachen der Fahrer und der Lagerist kein Wort miteinander. Dies ging von dem Fahrer aus, einem finsteren, verbissenen Menschen. Er und sein Bruder, der Chef, gehörten dem Gemeindekirchenrat an. Es waren Namens-

christen, wie man sie sich vollkommener kaum vorstellen konnte.
Herr Zetzsche war ein ruhiger, friedlicher Mann. Von seiner fröhlichen, zuversichtlichen Art war nichts mehr zu spüren. Folgendes brachte ich in Erfahrung.
Bei seiner Arbeit im Braunkohlentagebau hatte er einmal ein unbedachtes Wort geäußert. Da sich die SED-Diktatur kaum vom Nationalsozialismus unterschied, wurde Herr Zetzsche für längere Zeit inhaftiert. Wie er mir erzählte, in einer Einzelzelle. Seine Frau bekam keinen Pfennig Unterstützung und mußte als Reinigungskraft in einer Eisengießerei arbeiten. Die dortige Chefin war eine vernünftige, einsichtige Frau. Sie versuchte, in dieser Notsituation der Frau ganz einfach zu helfen.
Nach seiner Freilassung wurde Herr Zetzsche von dem Vertragshändler als Lagerist eingestellt. Aber was bedeutete das für ihn? Eisige Ablehnung durch den Bruder des Chefs. Ständigen Tadel in Form von Verletzungen durch den Chef selbst.
Ich stand zunächst etwas abseits und bemühte mich um ein freundliches Verhältnis zu allen. Aber auch gegen mich wurde der Chef aggressiver, ohne jeden ersichtlichen Grund, denn ich erledigte die mir aufgetragenen Arbeiten fleißig und gewissenhaft. Einmal hielt ich es nicht mehr aus, rannte auf den Chef zu und brüllte ihn an. Ich wurde sofort entlassen.
Herr Zetzsche ertrug alle Demütigungen. Er war inzwischen einundsechzig Jahre alt. Was wollte er schon noch anderes beginnen?
Als der Chef das Rentenalter erreicht hatte, wurde der Betrieb geschlossen. Sein Bruder, der einige Jahre jünger war, arbeitete nun in der Eisengießerei. Er hatte keinen Beruf erlernt, wiewohl er ein geschickter Maschinist war. Aber sein Aussehen wurde immer finsterer. Mit siebenundsechzig Jahren verstarb er an einem Herzinfarkt.
Herr Zetzsche kam noch an jedem Wochenende und säuberte Hof und Straße. Auch er war inzwischen Rentner geworden. Als ich ihn zum letzten Male sah, suchte er in der Mülldeponie

nach brauchbaren Abfällen. Ich sprach ihn an, aber er antwortete mir: „Lassen Sie nur, ich höre und sehe nichts mehr."
Er soll ein Hobby gehabt haben: Er sammelte Briefmarken.
Jahre später sah ich seine Frau in Trauerkleidung. Auf mein Befragen der Nachbarn erfuhr ich, daß Herr Zetzsche gestorben war. Schon vor einem halben Jahr, in seiner Wohnung.
Ich nahm eine weiße Briefkarte, schrieb einige teilnehmende Worte an die Witwe, fügte einen Geldschein bei und trug den Brief zur Post. Nach einigen Tagen traf ich Frau Zetzsche, sprach sie an, und sie bedankte sich bei mir.
Frau Zetzsche überlebte ihren Mann noch einige Jahre. Sie war eine tapfere Frau. Ihr Haus verkaufte sie und zog in eine bescheidene Mietwohnung unter dem Dach eines Nachbargrundstücks. Es reichte für sie.
Immer, wenn ich an solche Menschen denke, die meinen Lebensweg kreuzten, drängt sich mir die Frage auf: Was ist es doch für ein Geheimnis um das menschliche Leben?

Straßensammlung

In jedem Jahr veranstaltet die Evangelische Kirche zweimal eine Straßensammlung, die mit Sammelbüchsen erfolgt. Einmal im Frühjahr, kurz vor dem Pfingstfest; einmal im Herbst, um den Buß- und Bettag herum. Die Sammler können auf der Straße sammeln, seit der Wende können sie aber auch in die Häuser gehen und um eine Spende bitten. Ich betätige mich als Sammler und entscheide mich für das Letztere. So suche ich Leute auf, die ich gut kenne, und erreiche auf diesem Wege mein Ergebnis.
Ich mache mich also auf den Weg. Zusätzlich trage ich in einem Beutel einige christliche Kleinschriften und Zeitschriften bei mir, die ich unterwegs verteile.
Mein Weg führt mich zunächst auf die Hauptverkehrsstraße. Ich klingle bei einer Nachbarsfamilie, wo die Frau krank und der Mann und die Tochter behindert sind. Häßliche Hasenscharten verunstalten die Gesichter. Ich weiß, diese Leute haben wenig Geld, aber eine kleine Gabe geben sie doch. Die Mutter hat sich vor Jahren während einer Evangelisation bekehrt. Freundlich werde ich ins Wohnzimmer gebeten. Überall sieht es nicht sehr aufgeräumt aus. Die Frau liegt auf der Couch, mit einer Wolldecke zugedeckt, Mann und Tochter stehen daneben. Der Mann hat vor der Wende als Bote bei einer Firma gearbeitet, heute ist er zu Hause. Ich gebe allen die Hand und trage mein Anliegen vor.
„Ursula, hole einmal mein Portemonnaie."
Die Tochter verschwindet in der Küche.
„Nun, wie geht es Ihnen?" will ich wissen.
„Ach danke, es muß eben gehen. Sie sehen ja, ich liege den ganzen Tag hier und mein Mann und die Tochter erledigen die Hausarbeit. Aber viel kann ich nicht verlangen."
Der Fernsehapparat läuft. Wahrscheinlich eine Serie. Ich wende mich dem Vater zu.
„Und Ihnen?"
„Ach, es muß eben gehen. Ich kaufe ein."

Er und die Tochter, die inzwischen wieder ins Wohnzimmer gekommen ist, sind wegen der Hasenscharten schlecht zu verstehen. Ich werde nach meinem Befinden gefragt, dann bekomme ich ein Markstück. Hier haben die Menschen Zeit, wir plaudern einige Minuten. Dann sprechen wir gemeinsam das Vaterunser, ich bedanke mich, wünsche alles Gute und gehe.

Nebenan wohnt ein Ingenieur mit seiner Frau, die Kinder sind aus dem Haus. Wir sprechen über Politik, und ich bekomme einen Zehnmarkschein.

Eine alleinstehende Frau, deren Mann vor kurzem gestorben ist, gibt mir zwei Mark. Wieder ein Gespräch, aber es kommt nicht in erster Linie auf das Geld an, die Menschen suche ich auf. Ihr Ergehen, ihre Schicksale bewegen mich.

Gegenüber wohnt eine Familie mit sechs Kindern. Bei dem sechzehnjährigen Sohn bin ich Taufpate. Wieder sitze ich im Wohnzimmer, die Frau steht am Bügelbrett. Die Kleinen drängen sich um mich herum. Ich streichle ihnen über das Haar.

„Was macht Maik?"

„Der? Der läßt sich nichts mehr von uns sagen."

Der Bursche ist groß und hat breite Schultern, sein Gesicht ist offen, fast etwas keck.

„Arbeitet er immer noch bei Dr. Winter?"

„Ja, an jedem Wochenende."

„Auch sonntags?"

„Was will ich denn machen?"

„Christa, das gefällt mir nicht. Ich bin sein Taufpate."

Die Mutter entrüstet sich.

„Maik will unbedingt Geld verdienen. Er spart für ein Moped. Und der Arzt braucht seine Hilfe."

„Das kann ich mir denken. Aber es geht um den Jungen. Soll ich einmal mit ihm sprechen?"

Die Mutter zögert einige Augenblicke.

„Du kannst es versuchen. Aber viel Erfolg verspreche ich dir nicht."

Ich weiß, daß ich vorsichtig zu Werke gehen muß. Schließlich ist Dr. Winter mein behandelnder Arzt. Ich weiß, der Junge ist fleißig. Aber in der Schule lassen seine Leistungen zu wünschen übrig. Er ist der geborene Handwerker. Der Hund ist hereingekommen und begrüßt mich stürmisch. Ich habe fünf Mark bekommen und sie in den Schlitz meiner Sammelbüchse geschoben.

Wieder stehe ich auf der Straße und klingle im Nachbarhaus aufs Geratewohl. Ein etwa vierzehnjähriger Bursche öffnet mir. Ich trage mein Anliegen vor. Fragend blickt er mir in die Augen.

„Einen Moment."

Plötzlich kommt ein Mann in den besten Jahren heraus, noch jugendlich kräftig, und brüllt mich an: „Scher dich bloß weg und laß dich ja nicht nochmal blicken. Ich habe nichts für euch übrig."

Die Tür fällt krachend ins Schloß. Auch das gehört zu meiner Mission.

Ich gehe in ein früher einmal pompöses, jetzt aber schadhaftes Haus. Das Gras wächst über den Rand der geborstenen Dachrinnen hinaus. Die Sandsteinfiguren zwischen den Fenstern zerbröckeln. In dem Haus wohnt ein Bauunternehmer. Er sagt, das Haus gehöre ihm nicht. Früher hatte hier ein Baumeister seine vornehm eingerichtete Wohnung. Sein Sohn, ein bekannter Schriftsteller, lebt in einer entfernt liegenden Stadt. Den Baumeister kenne ich von meiner Kindheit her. Ich war öfters bei ihm.

Der Bauunternehmer sei krank und liege zu Bett, erklärt mir seine Frau. Aber ich bekomme zwei Mark, bestelle einen Gruß, wünsche gute Besserung und gehe weiter. Auf dem Hof lagert Baumaterial, Mauersteine, Gehwegplatten und Sand. Das Haus nebenan meide ich vorsichtshalber. Ich habe schon trübe Erfahrungen gesammelt und rechne kaum damit, etwas zu bekommen.

Die Straße ist zu Ende, ich biege in die angrenzende ein. Hier verspreche ich mir einiges.

Ich treffe eine Frau in den mittleren Jahren an, die noch immer sehr hübsch ist. Ihr Charakter ist fein und ausgewogen. Ihre Mutter sitzt den ganzen Tag am Fenster und schaut auf den Marktplatz, um welchen sich die Straße an dieser Stelle erweitert. Sie freut sich immer, wenn ich sie einmal besuche, und wir sprechen miteinander. Inzwischen brüht mir ihre Tochter einen Kaffee auf. Sie hat es nicht leicht: Täglich acht Stunden arbeiten, dann die Mutter betreuen und den Haushalt versorgen. Der Pfarrer hat sich geweigert, das unehelich geborene Kind ihrer Tochter zu taufen. Das hat die Familie tief verletzt. Schließlich hat ein auswärtiger Pfarrer, der aber in dieser Stadt geboren wurde, die heilige Handlung vollzogen. Es hat Mißhelligkeiten gegeben, die Familie fühlt sich davon betroffen. Wir sprechen miteinander. Auch in der Kirche ist nicht alles Gold, was glänzt. Schließlich verabschiede ich mich mit dem Versprechen, bald wiederzukommen.

Bei einem Herrenausstatter bekomme ich zwanzig Mark. Das ist natürlich ein beträchtlicher Beitrag für meine Sammlung. Ein Sattlermeister empfängt mich. Er ist ein begeisterter Heimatforscher. Wir schauen uns alte Fotos an. Dabei berichtet er mir von seinen Begegnungen mit älteren Bürgern unserer Stadt. Sie können noch manches erzählen von dem, was in früheren Zeiten geschehen ist. Die kleine Stadt sollte einmal Badeort werden. Heute ist sie von Braunkohlentagebauen umgeben. Ich betrete ein Haus, in dem es muffig riecht. Ein Ehepaar sitzt in der Wohnstube, die Frau sehr aufgeschwemmt und psychisch geschädigt, der Mann klein, hager und schmal, der fünfjährige Sohn kriecht auf dem Fußboden herum. Der Mann versucht mich zu belehren, daß das Christentum auf einem einzigen Irrtum beruhe. Ich bemühe mich um Gegenargumente, komme aber nicht an. Die Frau klagt mir inzwischen ihr Leid. „Ach, er geht ja nicht zum Arzt."

„Was soll ich denn dort? Der kann mir auch nicht helfen."

Er steckt sich eine Zigarette an. Die Decke ist niedrig, alles ist vollgestopft mit Möbeln und Sachgegenständen, Wäsche, Kleidung, Lebensmitteln. Der Rauch beißt mir in den Augen. Hier verlasse ich das Haus unverrichteter Dinge. Inzwischen ist es Mittagszeit geworden. Ich gehe also erst einmal nach Hause. Unterwegs spreche ich eine ältere, vornehm gekleidete Dame an, sie gibt mir zwei Mark. Der Tag ist trübe, es nieselt. Trotzdem mache ich mich nach einer kurzen Mittagspause wieder auf den Weg. Da ich eine Erwerbslosenrente beziehe, kann ich den ganzen Tag nutzen. Neugierig, was mir diesmal begegnet, biege ich in eine Villenstraße ein, sie wird von weit ausladenden Linden umsäumt und heißt Waldallee.

Die Frau eines Arztes gibt mir einen größeren Betrag. Ich bedanke mich und bestelle einen Gruß an den Ehegatten. Meine Frau ist bei ihm in Behandlung.

Bei einem älteren Ehepaar, das der katholischen Kirche angehört, bekomme ich zehn Mark. Die Frau ist eine begeisterte Musikerin und spielt in ihrer Kirche die Orgel. Wir haben gleich ein gemeinsames Thema: die Musik. Sie lädt mich und meine Frau zu einem Kirchenkonzert in der Nachbargemeinde ein: Bach - Liszt - Reger und Distler. Ich sage unser Kommen zu.

Auch im Nachbarhaus unterhalte ich mich über Musik. Hier wohnt die Witwe meines Musiklehrers. Als ich zehn Jahre alt war, habe ich bei ihm das Harmoniumspiel erlernt. Darüber hinaus hat er meine instinktive Liebe zur Musik, dieser schönen Kunst, sachkundig weiterentwickelt.

„Ihrem Mann verdanke ich soviel."

Die Wohnung ist mit Stilmöbeln eingerichtet. Das Ehepaar hat zahlreiche Auslandsreisen unternommen, auf den Regalen stehen Erinnerungsstücke, an den Wänden hängen entsprechende Bilder, Fotos von Prag, Moskau und Budapest. Der Mann leitete ein Jugendblasorchester, das er zu einer beachtlichen Höhe führte. Der einzige Sohn, ebenfalls Musiklehrer, setzt die Tradition in der Familie fort. Die Frau ist recht hinfällig, sie erzählt mir, daß sie täglich ihre neunzigjährige Mutter in Hamburg anruft. Der Mann ist vor einigen Jahren gestorben, erst in den sechziger Jahren, Herzinfarkt. Die Frau lebt mit ihren Erinne-

rungen und ist etwas wehmütig gestimmt. Ich versuche zu trösten und gebe ihr eine christliche Kleinschrift zum Lesen. Sie gibt mir einige Groschen und ich gehe.
Nebenan ist eine Imbißstube. Ich trinke einen heißen Zitronentee und beobachte die anwesenden Gäste. Zumeist Arbeitslose, sie schlagen ihre ungenutzte Zeit tot mit Alkohol.
Ein junger Bursche fällt mir auf, er hat dunkles Haar und einen Schnauzbart. Seine Augen sind verquollen. Er war schon mehrmals zur Entziehungskur, aber er trinkt weiter. Seine Stimme ist männlich, laut und fest. Wie man dir nur helfen könnte, überlege ich. Daß dein junges Leben nicht zerstört wird. Aber noch sehe ich keine Möglichkeit. Aber ich beschließe, ihn in meine Fürbitte einzubeziehen. Die anderen auch. Mit den Fingerspitzen klopfe ich auf die Tische und verabschiede mich.
Gegenüber befindet sich die Stadtbibliothek. Hier bin ich ein oft und gern gesehener Gast. Die Welt der Bücher fasziniert mich ungemein.
Die Bibliothekarin gibt mir ein Paar Markstücke. Wir sprechen über Neuerscheinungen und sie zeigt mir einige interessante Exemplare. Vor allem interessieren mich die „Was-ist-was"-Bücher, Wissenswertes aus aller Welt, aus Geschichte und Gegenwart. Ich verspreche, wiederzukommen und mir einiges zu entleihen.
Eine verwitwete Frau, die ich gut kenne, gibt mir zwei Mark. Sie wohnt in einem Neubaublock, dieses Stadtviertel schließt sich an die Villenallee an. In der Nachbarwohnung werde ich abschlägig beschieden.
Eine gehbehinderte Frau zeigt mir alte Fotos aus ihrer Familiengeschichte. Ihr Vater war ein stadtbekannter Tischlermeister. Wir sprechen über frühere Zeiten, in denen das bürgerliche Leben noch in anderen Bahnen verlief.
„Ach, es ist nicht mehr schön", klagt sie. Altersdepressionen, eine gefürchtete Krankheit. Ich reiche ihr etwas zum Lesen. Sie gibt mir fünf Mark.

Ein alter Mann lebt allein in seiner Wohnung. Seine Frau hat er aufopferungsvoll bis zu ihrem Tode gepflegt. Wir haben einmal gemeinsam in einer Buchdruckerei gearbeitet, er war Buchhalter, ich Papierschneider. Er besucht regelmäßig unsere Bibelstunden. Die einzige Tochter wohnt in einer Nebenstadt und besucht den Vater jeden Freitag. Auf dem Tisch liegen Tageszeitungen, ich lege die „Frohe Botschaft“ hinzu. Er steckt mir zwei Mark in die Sammelbüchse.
In einem modern eingerichteten Autosalon bekomme ich zwanzig Mark. Die junge Chefin fällt mir auf, eine bildhübsche Frau mit langem, dunklen Haar in einem fußlangen, grünen Kleid. Ich schreibe eine Quittung für das Finanzamt.
Ein älterer Bierverleger freut sich sehr über meinen Besuch. (Das Neubaugebiet habe ich inzwischen verlassen, hier kenne ich wenige Leute.) Ein Schlossermeister unterbricht seine Arbeit und gibt mir zehn Mark. In einer geräumigen, aber jetzt etwas abgewohnten Villa treffe ich niemanden an. Die Besitzerin ist wohl verreist. Ich schaue in den verwilderten und verwachsenen Garten und denke: Verschwundene Pracht. Früher gehörte das Grundstück einem Fabrikanten.
Ein kinderloses, älteres Ehepaar empfängt mich in der Küche. Der Mann war Buchbindermeister, also ein Kollege von mir, und wir führen ein längeres Gespräch. Diese Leute besuche ich besonders gern.
Es ist später Nachmittag geworden, und ich schließe meine Aktion für diesen Tag ab. Meine Sammelbüchse ist schwerer als am Morgen. Wenige sind bereit für solchen Dienst, und er ist doch so reichhaltig und vielseitig. Ich bin froh und dankbar geworden und fühle mich beschenkt, unsagbar reich beschenkt. Morgen gehe ich in ein Nachbardorf.

Dankbarkeit

Vor Jahren war ich bei der Kirchgemeinde meiner Heimatstadt beschäftigt, erledigte Büroarbeiten, kassierte die Kirchensteuer, führte die Kirchkasse und half aus als Organist, bei Bibelstunden und in der Christenlehre. Um meine Stellung zu festigen, absolvierte ich eine halbjährige Kurzausbildung an der Gnadauer Bibelschule in Falkenberg, Mark Brandenburg. Während dieser Zeit hatte ich ein denkwürdiges Erlebnis. Die Straßensammlung der Evangelischen Kirche fand im Herbst statt, und wir Bibelschüler erhielten die Auflage, stundenweise eine Sammelbüchse zu nehmen und in den Straßen der kleinen Ortsgemeinde zu sammeln. Ich wurde an einem Freitag in der Zeit von dreizehn bis fünfzehn Uhr eingeteilt. Es war ein trüber Tag. Graue Wolken hingen am Himmel, es waren wenige Leute unterwegs, die ich ansprechen konnte, zumal um diese Mittagszeit. Ich kam an einer Schule vorbei. Kinder hatten einen Kreis gebildet und spielten ein grausames Spiel. Einem Jungen hatten sie die Mütze weggenommen, er befand sich in der Mitte des Kreises. Nun wurde die Mütze von einem zum anderen geworfen, und der Junge rannte unter dem Gelächter der anderen von einem zum anderen, der die Mütze seinerseits weiterwarf. Der Junge war erhitzt und hatte feuerrote Ohren. Ich dachte plötzlich an eine ähnliche Situation in meiner Kindheit und trat entschlossen in den Kreis.

„Gebt die Mütze her", forderte ich die Kinder auf.

Sie erschraken, gehorchten aber. Ich nahm die Mütze und gab sie dem Jungen zurück.

„Hier, geh nach Hause, und ihr übrigen laßt ihn in Ruhe. Schämt ihr euch gar nicht, so viele gegen einen?"

Der Kreis löste sich auf. Nach einer Weile beobachtete ich, daß die Kinder dem Jungen die Mütze wieder abgenommen hatten. Aber der hatte trotzig seine Hände in die Hosentaschen gesteckt und stapfte davon.

„Recht so“, dachte ich. „Das mögen deine Eltern mit dem Lehrer regeln.“
Ich lief die Straße entlang und begegnete kaum einem Passanten. Mein Weg führte an der Kirche und am Friedhof vorbei. Dort bog ich in die Hauptstraße ein.
Einige Zeit war vergangen, und ich beschloß, zurück in mein Quartier zu gehen. Um diese Tageszeit zu sammeln hatte wirklich wenig Zweck.
Plötzlich spürte ich eine Bewegung an meiner Seite. Ich blickte mich um und war erstaunt. Jener Junge war von hinten an mich herangeschlichen und steckte mir ein Geldstück in die Sammelbüchse. Dann rannte er davon.
„Vielen Dank“, rief ich ihm nach, aber er war schon fort. Ich war beschämt und dachte unwillkürlich an die biblische Geschichte vom dankbaren Samariter. Auch er war umgekehrt, um als einziger von zehn anderen, die Jesus von der Lepra geheilt hatte, seinem Wohltäter zu danken.
Nie habe ich erfahren, wer jener Junge war.
Nach einiger Zeit beobachtete ich aber, daß er sich mit den drei Jungen unseres Pastors, der die Bibelschule leitete, angefreundet hatte. Sie waren oft zusammen, spielten Fußball oder streiften durch die Gegend.
Nachdenklich geworden, fragte ich mich, ob das wohl Gottes Antwort auf die Handlungsweise des Jungen war.

Die Feuerprobe

Als wir noch in der kleinen Stadt lebten, besuchten wir von Zeit zu Zeit die Verwandten meiner Frau in Dresden. Wir blieben jeweils einige Tage dort, und meine Frau beschäftigte sich im Haushalt, um ihren betagten Eltern und der vielbeschäftigten Schwägerin, die mit ihrem Ehemann ein Lebensmittelgeschäft betrieb, tatkräftig unter die Arme zu greifen. Mitunter zerkleinerte ich im Keller des zweigeschossigen Wohnhauses Brennholz oder hatte ganz einfach freie Zeit.

Eines Tages suchte ich mir im Schlafzimmer alte Kleidungsstücke meines Schwiegervaters aus dem Schrank, fand auch einen zerbeulten Schlapphut und stopfte alles in einen Plastikbeutel. Dann beschriftete ich ein Pappschild und machte mich mit meinem Gepäck auf den Weg. Ich bestieg die Straßenbahn und fuhr zum Hauptbahnhof. In einer Herrentoilette kleidete ich mich um, setzte den Hut auf, klemmte das Pappschild unter den Arm und begab mich über die Prager Straße ins Zentrum. Dort befand sich eine Unterführung. Ich hockte mich an eine freie Stelle, stellte einen mitgebrachten Teller vor mich hin, daneben das Pappschild, auf das ich geschrieben hatte:

Bin in äußerster Armut,
erbitte eine milde Gabe.

Menschen wogten vorüber. Einige schauten mich neugierig oder mitleidig an. Die Mitleidigen legten einige Münzen auf meinen Teller. Viel war es nicht.

Ein Tippelbruder mit unrasiertem Gesicht grinste mich an.

„Na, Kumpel, bist wohl abgebrannt?“

„Das kann man wohl sagen.“

„Immer einen drauf“, er führte die Hand zum Munde, als hielte er ein Bierglas.

„Das muß nicht unbedingt sein“, räumte ich ein.

Er schlurfte weiter.

Eine Frau kam mit zwei kleinen Kindern. Sie gab einem etwa vierjährigem Mädchen ein Markstück.

„Hier, gib es dem armen Onkel."
Ich bedankte mich artig.
Plötzlich erblickte ich den Ehemann einer Cousine meiner Frau. Er sah mich erst im letzten Moment, blickte genauer hin, erschrak offensichtlich und hastete dann weiter.
„Das kann ja heiter werden", sagte ich mir.
Nach etwa zwei Stunden erschien ein Beamter der Streifenpolizei und fragte mich nach meinen Papieren. Ich hatte absichtlich den Personalausweis nicht mitgenommen. Er sagte: „Eigentlich müßte ich Sie festnehmen, aber machen Sie, daß Sie wegkommen."
Ich packte also meine Siebensachen zusammen, steckte das Geld in die Rocktasche, nahm meinen Beutel, der hinter mir stand und meine normale Kleidung enthielt, in die rechte Hand, stopfte den Hut mit hinein und begab mich zur Kreuzkirche. Dort zählte ich meinen Erlös, es waren acht Mark und zweiundvierzig Pfennige. Ich steckte alles in den Schlitz der Opferbüchse, setzte mich noch einige Minuten auf die graugestrichene Kirchenbank und ging zurück zum Hauptbahnhof. In der Toilette verwandelte ich mich wieder in einen normalen Menschen, setzte mich in die Zehn und fuhr zurück in unser Quartier.
Meine Frau öffnete mir auf mein Klingeln und starrte mich entgeistert an.
„Sag mal, hast du den Verstand verloren?"
„Kann schon sein", räumte ich ein. „Aber was man verloren hat, findet man unter Umständen wieder."
„Christa hat angerufen, ob wir nicht die schnelle medizinische Hilfe informieren sollten, du säßest in der Unterführung und betteltest?"
„Außer dem Mann deiner Cousine hat mich wohl kaum einer erkannt."
„Wo hast du die alten Sachen her?"
„Aus dem Kleiderschrank im Schlafzimmer der Eltern."
„Das ist ja unglaublich."
Meine Frau ging in die Küche, dann kam sie zurück.

„Wie lange hast du dort gesessen?“
„Etwa zwei Stunden. Bis ein Polizist kam und mich festnehmen wollte. Aber er ließ mich gehen.“
Meine Frau war fassungslos.
„Was man mit dir durchmacht“, klagte sie.
Ich ging ins Wohnzimmer, dort saß mein gütiger Schwiegervater und blickte mich mitleidig an.
„Komm, Rainer, trink erst einmal eine Flasche Bier.“
Meine Frau erschien zum drittenmal.
„Ich frage mich wirklich, ob ich nicht Frau Doktor Klemm bitten soll, dich in eine Klinik einzuweisen. Wahrscheinlich ist es wieder einmal so weit.“
Sie schwieg einige Augenblicke. Ich ebenfalls. Dann sah mir meine Frau in die Augen.
„Oder kannst du mir das alles erklären?“
„Ich will es versuchen“, begann ich. „Bei meinem Abenteuer ging es mir ganz einfach darum, einen Teil der Wirklichkeit zu erfassen, der mir - und der uns allen - mehr oder weniger fremd ist. Es war wie eine Prüfung, die ich vor mir selber abgelegt habe. Das Ergebnis bleibt abzuwarten, das heißt, ich muß es erst innerlich verarbeiten. Dann schreibe ich es auf.“
„Hast du denn überhaupt etwas bekommen?“
„Acht Mark und zweiundvierzig Pfennige. Ich habe es in die Kollektenbüchse der Kreuzkirche gelegt. Du weißt doch, daß ich mich immer an der Straßensammlung beteiligt habe. Es war eben eine ungewöhnliche Variante.“
Meine Frau sah mich liebevoll an. „Du bist und bleibst doch mein Mann.“
In diesem Moment wurde mir etwas deutlich. „Ich liebe dich. Verzeihe mir meine Kapriolen. Sie gehören zu meinem Beruf.“
Nachdenklich saß ich im Wohnzimmer. Mein Schwiegervater erzählte einiges aus seinem Leben, was mich ungemein interessierte. Ich trank mein Bier aus. Meine Schwägerin hatte ihren Laden geschlossen und die Familie versammelte sich zum Abendbrot.

Eine langweilige Geschichte

Meist saßen sie alle um den Tisch im Wohnzimmer und schwiegen sich an. Die Tochter und der Sohn gingen tagsüber arbeiten; sie als Näherin in einer Wäschefabrik, er als Dreher in einer Maschinenfabrik. Am Abend wurde regelmäßig der Fernseher eingeschaltet und das jeweilige Programm lief vor ihren Augen ab.

Der Vater war Rentner. Die Mutter war immer Hausfrau geblieben. Beide entstammten kinderreichen Familien. Armut war kein Fremdwort für sie. Sie kannten es nicht anders. Das ganze Leben war eintönig verlaufen, zwei Brüder des Vaters und ein Bruder der Mutter waren im Krieg gefallen. Zu den übrigen Verwandten bestand nur ein loses Verhältnis. Jeder hatte mit sich zu tun.

Der Vater trank sein Bier, die Mutter ihren Kaffee, der Sohn und die Tochter rauchten Zigaretten von der billigsten Sorte. Es herrschte eine gewisse Zufriedenheit in der Familie, die eine fatale Ähnlichkeit mit Gleichgültigkeit hatte.

Eines Tages bekamen sie Besuch. Ein Neffe der Frau, noch jung, blaß, mit dicken Brillengläsern und spärlichem Haarwuchs. Er blieb einige Tage da und schlief auf der Couch im Wohnzimmer. Man fragte sich gegenseitig aus, wie es dem und jenem erginge, der Gesprächsstoff war bald verbraucht.

Am Morgen saßen der Besucher und die Eltern, also sein Onkel und seine Tante, am Frühstückstisch. Es gab Brot, Brötchen, Butter, Marmelade und einen Teller Wurst von verschiedenen Sorten.

„Lang zu", sagte der Vater. „Iß dich richtig satt. Was arbeitest du eigentlich?"

„Ich bin Hilfsschlosser", antwortete der Gefragte. „Die Eltern haben mich keinen Beruf erlernen lassen. Sie meinten, ich müsse gleich mit Geld verdienen. Aber ich würde gern etwas anderes machen."

Die Mutter schaltete sich ein.

„Jede Arbeit ehrt den, der sie verrichtet. Das hat mein Vater immer gesagt. Sei nur zufrieden, Rolf, mit dem, was du hast."
Der Vater fragte: „Was essen wir heute zu Mittag?"
„Kartoffeln und Quark", antwortete die Mutter.
„Da müssen wir noch Quark kaufen", sagte der Vater.
Mein Gott, dachte der Neffe. Gibt es keine weiteren Fragen?
Er hatte einige Tage Urlaub und machte sich am Vormittag allein auf den Weg. In unmittelbarer Nähe befand sich ein Friedhof. Er ging durch die Gräberreihen und studierte die Inschriften auf den Grabsteinen. Bei besonders gestalteten Randgräbern blieb er eine Weile stehen. Er las „Geheimrat", „Kaufmann", „Fuhrunternehmer", „Gastwirt", „Kinderarzt". Man müßte über jeden von ihnen ein Buch schreiben, dachte der Neffe. Wie sie gelebt haben, was sie durchleiden mußten, worin ihr Leben bestand. War es ein Sieg oder eine Niederlage? Schon des öfteren war ihm der Gedanke gekommen, einmal aufzuschreiben, was ihn so bewegte. Wenn man sich umschaute: Wie vielseitig war doch das menschliche Leben!
In einer Imbißstube verzehrte er eine warme Wurst und trank zwei Flaschen Bier. Er spürte, wie ihm der Alkohol ins Blut stieg. Nach dem einfachen Mittagsmahl las er die Tageszeitung und sagte, er wolle das Kino besuchen. Ein amerikanischer Kriminalfilm würde gespielt.
„Gib nur nicht soviel Geld aus", mahnte die Tante.
Der Onkel sagte: „Wir müssen noch Gewiegtes beim Fleischer kaufen, für das Abendbrot. Werner (das war der Sohn) soll dann noch einen Kasten Bier holen."
Der Neffe dachte: Sie haben nur ein Thema. Aber vielleicht hat sie das harte Leben so geformt. Man muß Verständnis aufbringen. Äußerlich gesehen ist doch alles furchtbar langweilig. Man müßte zum Kern vordringen - aber wie?
In dem Film wurde viel geschossen. Wenige Besucher füllten den Saal. Als alles zu Ende war, ging der Neffe wieder in eine Gaststätte und trank sein Bier. Dazu zwei doppelte Korn. Er saß allein am Tisch.

Auf dem Nachhauseweg kam er an einem Gebäude vorbei, an welchem ein Schild angebracht war: „Evangelisch Freikirchliche Gemeinde. 17 Uhr Bibelstunde."
Er schaute auf die Uhr. Also in einer Viertelstunde. Man müßte es sich einmal anhören. Daß ich eine Fahne habe, ach, was soll's?
Einige alte Leute saßen in den Bankreihen. Sie schauten ihn neugierig, aber freundlich an. Ein Mann in mittleren Jahren drückte ihm ein Buch in die Hand.
„Sind Sie zu Besuch hier?"
„Ja. Ich kam eben vorbei und las das Schild, da sagte ich mir: Geh doch mal rein. Wissen Sie, ich bin nur ein ungelernter Arbeiter, aber ich sage mir immer: Rolf, halte die Augen offen. Was so in der Welt passiert - es ist doch ungeheuer interessant."
„Wir freuen uns sehr, daß Sie gekommen sind", sagte der Mann. Er hielt die Ansprache. Die alten Leute nickten ihm freundlich zu.
Rolf konnte den Gedankengängen des Redners nur mit einiger Mühe folgen. Er war zwar einmal in die Christenlehre gegangen, dann zur Jugendweihe, aber das hier war irgendwie anders als es der Pfarrer erklärt hatte.
Was sagte der Mann jetzt? Man solle sein Leben Jesus Christus übergeben? Jesus - das war doch lange vorbei. Es wurde gebetet. Rolf wußte, daß man dabei die Hände faltete. Das Vaterunser hatten sie auch einmal gelernt, aber er brachte die Worte nicht mehr zusammen.
Als die Bibelstunde zu Ende war, verabschiedete ihn der Redner: „Wie lange sind Sie noch hier?"
„Bis übermorgen. Aber sagen Sie mal, das mit dem Jesus, wie meinen Sie das eigentlich? Wissen Sie, ich bin auf der Suche. Man macht sich doch so seine Gedanken. Ich meine, über das Leben und alles, was damit zusammenhängt. Das kann doch nicht nur aus Arbeit, Essen und Trinken bestehen?" (Dabei dachte er an seinen Onkel und seine Tante.)
„Sie haben völlig recht", antwortete der Prediger. „Haben Sie morgen vormittag eine Stunde Zeit?"

„Morgen? Ja, ich habe nichts weiter vor."
„Dann lade ich Sie ein, zu mir zu kommen. Wir wohnen eine Treppe höher. Da können wir uns einmal über alles, was Sie soeben sagten, in Ruhe unterhalten."
Rolf bedankte sich und versprach zu kommen.
Beim Abendessen erzählte er, wo er gewesen war. Alle blickten ihn verwundert an. Bei den Frommen? Ach, der Rolf, das war schon immer so ein Spinner.
Aber Rolf hatte mit einemmal ganz blanke Augen und sagte: „Merkt ihr denn gar nicht, das Leben ist nicht langweilig, sondern hochinteressant. Man muß nur die Augen offenhalten."
Der Onkel schaute ihn an. „Vielleicht hat er recht."
Und die Mutter fügte hinzu: „Es muß etwas Wahres daran sein. Ich weiß es von meiner Großmutter, sie war auch eine fromme Frau."
Dann saßen sie noch lange zusammen und hatten endlich ein Thema gefunden, zu dem jeder etwas beitragen konnte.

Die Postkarte

Es war vor etlichen Jahren, kurz vor Weihnachten. Wir hatten Adventsfeier mit Kaffee und Kuchen in der Kirchgemeinde, und ich begleitete den gemeinsamen Gesang am Harmonium. Nach der Feier bat mich ein Besucher, den wir Bruder Steinberg nannten, eine Weihnachtskarte, die er an Bekannte geschrieben hatte, beim Nachhauseweg in den Briefkasten zu werfen. Ich steckte die Karte in die Innentasche meines Wintermantels, und damit war der Vorgang zunächst einmal abgeschlossen.
Ein Jahr später, auch in der Adventszeit, besuchte ich wiederum die Weihnachtsfeier im Pfarrhaus und trug bei dieser Gelegenheit denselben Mantel. Als ich ihn an der Garderobe ablegte, bemerkte ich, daß etwas in der Innentasche steckte. Ich schaute nach und siehe da, es war die Karte vom vergangenen Jahr, die ich total vergessen hatte. Was nun? Ich dachte: Weihnachten ist Weihnachten, und während des Heimwegs steckte ich die Karte in den Postkasten.
Einige Tage später begegnete mir Erhard Steinberg auf der Straße. Er sprach mich an: „Sag mal, Rainer, voriges Jahr hatte ich dich doch einmal gebeten, eine Karte von mir in den Briefkasten zu werfen?“
„Ja, ich kann mich erinnern.“
„Und du hast sie in den Postkasten gesteckt?“
„Ja, das habe ich.“
(Es war keine Lüge. Ich war jedoch heilfroh, daß in seiner Frage das Wort „damals“ fehlte.)
„Komisch. Meine Bekannten haben mir geschrieben, die Karte sei erst jetzt angekommen.“
„Ja, Erhard, man glaubt gar nicht, wie lange die Post manchmal unterwegs ist.“
Bruder Steinberg schüttelte den Kopf, wünschte mir und meiner Frau ein frohes Weihnachtsfest und wir verabschiedeten uns voneinander. Als ich weiterging, dachte ich: Das ist ja noch einmal glimpflich abgelaufen.

Militärisches

Einige Jahre arbeitete ich als Pförtner in einer mittelgroßen Wellpappenfabrik. Eines Tages wurde ein Kollege eingestellt, der eine höhere Funktion bei der Volksarmee hatte, diese aber aus mir unbekannten Gründen nicht mehr ausüben konnte. Er wurde in die Stellung eines Ingenieurs eingestuft, obwohl er keiner war, und erhielt zur ungetrübten Freude aller angestellten Ingenieure dasselbe Gehalt, obwohl er vom Tuten und Blasen keine Ahnung hatte.
Zuweilen hatte ich zu meinem Pförtnerdienst noch die Vermittlung der Telefongespräche zu erledigen. Bekam ich einmal keinen Anschluß im Betrieb, so übergab ich ihm das Gespräch mit den Worten: „Schreiben Sie einfach alles auf, was die Leute sagen, das genügt."
Eines Tages geschah folgendes: Nach Abschluß der regulären Arbeitszeit hatte ich einen Rundgang durch den Betrieb zu machen, währenddem ich alle Außentüren verschloß. Einmal hatte sich der Kollege verspätet, und so stand er nun vor verschlossener Tür, weil zu dieser Zeit mein Weg durch das Werkgelände führte. In seiner Ratlosigkeit rief er den zweiten Betrieb an, der sich in einem anderen Stadtteil befand, und rief um Hilfe. Der Leiter der Abteilung Absatz beruhigte ihn und sagte: „Warten Sie nur einige Minuten, der Pförtner kommt gleich zurück und schließt die Türen auf." So geschah es auch, ich traf den Kollegen an, wechselte einige freundliche Worte mit ihm, dann ging er. Als ich allein war, sagte ich mir: Nun brauchst du nie mehr Minderwertigkeitskomplexe zu haben, daß du nicht beim Militär gewesen bist. Du hast eine einzigartige Leistung vollbracht: Du hast einen Offizier gefangengenommen.

Imbißstube

Vor Jahren besaß ich in der kleinen Stadt zwei Hausgrundstücke. Das eine hatte mein Großvater mütterlicherseits (ich habe ihn nie kennengelernt, er starb vor meiner Geburt) im Jahr 1900 erbauen lassen, und ich erbte es von meiner Mutter; das zweite hatte mein anderer Großvater, aus der väterlichen Linie, käuflich erworben. Er betrieb eine Klempnerei und ein Haushaltswarengeschäft, dann hatte es mein unverheirateter Onkel übernommen, nach dessen Tode sein Bruder, der mein Vater war, und als mein Vater nach sieben Jahren verstarb, erbte ich es. Die Klempnerei und das Haushaltswarengeschäft waren bei der Erbschaftsregelung aufgelöst worden, im Laden befand sich eine Reparaturwerkstatt für Rundfunk- und Fernsehgeräte und in der Wohnung meines Onkels lebte ein älteres Ehepaar. Da ich zwei Häuser nicht zu erhalten vermochte (ich bin handwerklich völlig unbegabt und mußte aus diesem Grund sämtliche anfallenden Arbeiten verlohnen lassen), verkaufte ich das väterliche Haus, als dort die Wohnung im Obergeschoß, bedingt durch einen Sterbefall, frei wurde. Die Fernsehwerkstatt wurde an anderer Stelle im größeren Umfang weiterbetrieben, und im freiwerdenden Laden richtete ein tüchtiger und fleißiger Bürger eine Imbißstube ein.

Obwohl räumlich sehr beengt, war der Laden meist voller Gäste. Es gab ein reichhaltiges Angebot an warmen und kalten Gerichten sowie verschiedene Getränke. Außerdem Zigaretten und Süßigkeiten, an der Wand hingen zwei Spielautomaten. Es herrschte ein reger Betrieb und eine angenehme Atmosphäre.

Ich war dort Stammgast, obwohl ich kaum alkoholische Getränke zu mir nahm. Ohne daß es andere wußten, war ich nach dem Ausscheiden aus dem Arbeitsprozeß Schriftsteller geworden. Da ich wenig schlafen konnte, saß ich in den Nachtstunden am Schreibpult und verfaßte laufend Kurzgeschichten. Bedingt durch immer wieder auftretende Depressionen stand ich in akuter Gefahr, zum Alkoholiker zu werden. Deshalb gab es für

mich zunächst einmal nur die Möglichkeit eines radikalen Bruchs (zum Glück war ich noch nicht abhängig), um mein Ziel zu erreichen. Warnend stand das Schicksal meines berühmten Kollegen Hans Fallada vor meinem inneren Auge.
Ich trank also meistens heiße Zitrone. Es war wie eine stillschweigende Tradition meinen Voreltern gegenüber, daß ich fast täglich in die Imbißstube einkehrte.
Obwohl ich wenig sprach, gewann ich mit der Zeit einen regen Bekanntenkreis. In jener Zeit fand ich auch meinen besten Freund. Er war voller Probleme, aber ein lustiger Bursche, voll dem Leben zugewandt. Oft trafen wir uns in der Imbißstube, er bestellte einen Kaffee, denn auch er mußte streng vor der Gefahr des Alkoholmißbrauchs auf der Hut sein. So stärkten und stützen wir uns gegenseitig.
Später verkauften wir auch noch mein Elternhaus und verließen die kleine Stadt. In der Nähe von Dresden wagten meine Frau und ich einen Neubeginn.
Als ich zum letzten Mal die Imbißstube besuchte, tat ich etwas, das eigentlich nichts Besonderes war, aber für mich war es etwas Außergewöhnliches und ich war gespannt wie auf ein Abenteuer.
Ich sagte allen anwesenden Gästen, daß ich zum letzten Male da wäre und fragte sie, was ich ihnen als Abschiedstrunk spendieren könnte. Man nennt das eine Lokalrunde.
Die einen bestellten sich Kognak, andere einen Klaren, wieder andere ein Bier. Ich blieb bei meiner heißen Zitrone. Leider war mein Freund nicht anwesend, sonst hätte er seinen Kaffee bekommen.
Natürlich ergab sich ein Gespräch. Thema: Kirche und Glaube. Alle wußten, woran sie bei mir waren, ich meine das im Blick auf meine innere Einstellung, und ich fand das gut so.
Mein Freund fragte seine Mitmenschen unumwunden, ob sie ein Verhältnis zu Jesus Christus hätten. Ich konnte niemals in solcher Weise vorgehen, es bleibt eine Begabung. Aber ich nahm bereitwillig Stellung zu den von meinen Gesprächspart-

nern aufgeworfenen Fragen und Problemen. Da ging es um Macht und Eigentum der Kirche seit dem Zeitalter Konstantins, wir sprachen über die Kreuzzüge wie über den dreißigjährigen Krieg, berührten das Finanzgebaren der Kirche, persönliche und unpersönliche Verkündigung des Wortes Gottes. Über den derzeitigen Pfarrer wurde gesprochen und ich freute mich, als ein etwas älterer Stammgast zu mir sagte: „Mir gefällt an Ihnen, daß Sie es so ehrlich meinen." Ein schöneres Lob konnte mir nicht zuteil werden. Wir hatten auch unsere Spitznamen. Meinen Freund nannten sie den Prediger und mich den Pfarrer. Ich war direkt ein bißchen stolz darauf.

Als ich nach Hause ging, war ich zugleich ein wenig glücklich wie auch traurig. Dankbar, weil ein schönes Erlebnis zunächst einmal zu Ende ging, traurig, weil ich mich fragte: Wirst du auch in Dresden so eine frohe Runde vorfinden? In der Großstadt ist alles anonymer und unpersönlicher. Auf der anderen Seite versprach mir Dresden viele neue Möglichkeiten, besonders auf kulturellem Gebiet. Darauf freute ich mich.

Immer wieder lief ich in den letzten Tagen vor unserem Abschied durch die Straßen der kleinen Stadt. Ich besuchte auch andere Gaststätten und bedauerte aufrichtig, daß das Kino nach der Wende geschlossen wurde, ich war dort ein ständiger Besucher. Nun mußte mir der Fernsehapparat manches ersetzen. Die Vergangenheit ist eine Größe, die uns ihre Spuren einprägt. Wir leben damit. Wir werden dadurch belastet und bereichert, fast in gleicher Weise.

Die kleine Imbißstube am Markt bleibt mir in ständiger Erinnerung. Ihr gilt mein besonderer Dank. Ihr und allen, die ich dort angetroffen habe. Alle wurden sie meine Freunde und Bekannten, ich werde sie nie vergessen.

Es war nur ein Glas heiße Zitrone, und doch: Es verbindet sich für mich ein Stück Heimat mit solchen Erinnerungen.

Im Altersheim

Nach der Wende entstand in einer ruhigen Seitenstraße ein moderner Bau von beträchtlichem Umfang: ein Altersheim. Rosa verputzt, rote Ziegel, aber ringsumher eine ungepflegte Landschaft. Eine alte Villa stand zur Linken in einem verwilderten Park. Die vermögenden Besitzer, die im Verlauf der Zeitereignisse arm geworden waren, lagen längst auf dem Friedhof. Hinter dem Altersheim erstreckte sich eine moderne Kaufhalle. Rechts davon lag ein bescheidener Hof, auf dem längst keine Bauern mehr lebten. Die Straße nannte man die Gartenstraße, weil zu ihrer Rechten die Hintergärten einer der Hauptstraßen lagen.

Viele Bäume, Gemüse- und Blumenbeete. Es war ein stiller, geschützter Teil unserer Kleinstadt. Hier hatte man die alten Leute untergebracht. Sie saßen in ihren schönen und geräumig eingerichteten Zimmern oder im Aufenthaltsraum, wo meist der Fernsehapparat lief; bei schönem Wetter auf den schmalen Terrassen.

Hin und wieder besuchte ich einige ältere Frauen, die früher zu unseren Kirchenbesuchern gehört hatten.

Im dritten Stock fing ich an. Dort lebte ein altes Fräulein, die jahrzehntelang ihre Mutter gepflegt hatte, bis diese, eine zwar kleine, kompakte, aber sehr herrische Frau, im Alter von zweiundneunzig Jahren verstarb. Herta Kirmse war dann allein geblieben und bewohnte in einer schmalen Gasse, wo früher das Kino war, ein winziges Haus. Es genügte ihr und ihren Katzen. Als sie die Mitte der achtzig erreicht hatte, brachte man sie ins Altersheim. Dort lebte sie mit einer behinderten Frau in einem Zweibettzimmer. Wenn ich sie besuchte, klagte sie mir ihr Leid. Klein, weißhaarig, in einem schön gewaschenem Kleid, saß sie auf dem Bettrand.

„Ach, könnte ich nur einmal noch hinaus ins Freie!“

Aber die Kräfte reichten nicht mehr aus. Ich versuchte zu trösten, so gut ich es vermochte. „Aber Herta, hier bist du doch

gut untergebracht und wirst versorgt. Du könntest doch gar nicht mehr allein leben." Sie wiederholte immer den einen Satz: „Ach, könnte ich doch noch einmal hinaus."
(An einem sonnigen Tag mietete meine Frau einen fahrbaren Krankenstuhl, und wir fuhren sie durch die Straßen, auch bis vor ihr Haus, das seit ihrem Umzug leerstand. Schließlich wurde es ihr zuviel und wir brachten sie wieder zurück ins Heim.)
Einige Zeit blieb ich an ihrem Bett sitzen, dann beteten wir gemeinsam das Vaterunser, und ich verabschiedete mich bis auf weiteres.
Im zweiten Stock lebte seit kurzer Zeit eine fast neunzigjährige Frau, die uns früher oft besucht hatte. Sie hatte drei Kinder, von denen ein Sohn in unserer Stadt lebte. Ihr Mann war vor Jahren gestorben. Sie zitterte mit dem Kopf, war aber noch geistig rege. Manchmal, wenn sie die Kräfte verließen, lag sie in ihrem Bett. Sonst war sie, fast elegant gekleidet, aufrecht sitzend in einem Lehnstuhl. Wir plauderten miteinander von früheren Zeiten, und auch mit ihr konnte ich beten.
Wenn ich über den Flur ins Stationszimmer ging, meldete ich mich für meine Besuche an. Dann hieß es zumeist: „Der Pfarrer ist da." Es war mein Spitzname, auf den ich ein wenig stolz bin. Jeder Spitzname enthält ein Körnchen Wahrheit.
Im ersten Stock besuchte ich eine Frau, bei der ich wenig zu sagen brauchte. Sie erzählte ununterbrochen und freute sich, wenn ihr jemand zuhörte. (Zuhören - man muß es lernen, wenn man einen Zugang zu den Herzen finden will.) Die Frau war in Chicago geboren, dann zogen ihre Eltern nach Polen, schließlich kam sie nach Deutschland, in unsere Gegend. Sie arbeitete in einer Baumwollspinnerei, bis sie einen Witwer mit zwei Söhnen heiratete. Es war keine leichte Aufgabe, aber sie meisterte sie. Schließlich war der Mann gestorben und die Söhne aus dem Haus. Diese Frau war temperamentvoll, optimistisch, positiv dem Leben zugewandt. Sie war mittelgroß, untersetzt und kleidete sich sorgfältig. Ich mußte zusehen, daß ich den Redestrom an einer Stelle unterbrach und mich für den nächsten Besuch

verabschieden konnte. Gern hätte sie noch länger weitererzählt. Drei Menschenschicksale, die sich ihrer Vollendung zuneigten. Dieses Heim war die letzte Station auf ihrem Lebensweg. Jeder mußte sie einmal passieren, die einen früher, die anderen später. In diesem Haus wurde viel gestorben. Manche alten Leute konnten sich nicht einleben, und ihre letzten Jahre vergingen in Bitterkeit. Es gibt auch eine Bösartigkeit, die sich in den letzten Lebensjahren verhängnisvoll auswirkt, natürlich in Bezug auf die Mitmenschen. Jeder trägt eine Last, der eine tapfer, der andere wehleidig. Die Besuche im Altersheim führten mir das in aller Deutlichkeit von Augen.
Immer, wenn ich die Pforte überquerte, ging mir ein Lied durch den Sinn, das ich vor vielen Jahren gehört hatte und dessen genauer Wortlaut mir entfallen ist. Aber an eine Zeile kann ich mich noch gut erinnern:

Wo steht der Garten, wo der Baum,
die mich einst noch erquicken?

Im Altersheim? Vielleicht, ich weiß es nicht. Gott bemißt unsere Tage.
Ich versuchte, mit meinen Besuchen im Altersheim ein kleines Licht anzuzünden, das letztendlich mich selbst erfüllte.

Die Weihnachtsfeier

Vor Jahren arbeitete ich eine kurze Zeit als Buchhalter bei einer Großhandlung für technische Öle und Fette. Das heißt, so groß war der Betrieb gar nicht, außer mir waren nur noch der Bruder des Chefs als Kraftfahrer und ein älterer Arbeiter als Lagerist beschäftigt. Das Betriebsklima war eisig, obwohl der Betrieb sehr sauber und ordentlich war. Der Chef war launisch und jähzornig, ich nervlich geschädigt, das paßte also wunderbar zusammen. Der Kraftfahrer war ein verbissener Mann, der mit dem älteren Arbeiter kein Wort wechselte, obwohl beide tagtäglich die Ware an die Kundschaft auslieferten und das über Jahre hinweg. Sagen durfte man nichts, das konnte der Chef nicht vertragen. Die einzige, die ein offenes Wort wagte, war ein älteres Fräulein, welches zweimal gegen Ende der Woche kam und die unmittelbar an das Geschäft angrenzende Wohnung säuberte. Wie schon gesagt, ich war nur kurze Zeit dort beschäftigt, weshalb, davon soll im Folgenden die Rede sein.
Eigentlich hatte ich es gut. Es gab wenig zu tun, der Chef zahlte mir ein anständiges Gehalt, wenn eben nur nicht meine überaus sensible Gemütsverfassung gewesen wäre. Die sollte mir zum Fallstrick werden.
Es war kurz vor Weihnachten und es sollte eine kleine Feier stattfinden. In einer Veranda war ein Tisch gedeckt, die Ehefrau des Chefs hatte heißen Kaffee aufgebrüht und das ältere Fräulein einen Christstollen gekauft. Auf dem Tisch stand ein Strauß frisches Tannengrün, geschmückt mit Kugeln und Lametta, daneben eine dicke rote Wachskerze in einem silbernen Leuchter. Wir zündeten sie an.
Da saßen wir nun einträchtig nebeneinander, und es hatte den Anschein, als sei alles in Butter. Aber, wie der Volksmund sagt, der Schein trügt.
Vor mir hatte eine ältere Angestellte die Buchhaltung erledigt. Sie war auch mit eingeladen worden, um sie zu verabschieden, und ich hatte, ihr zu Ehren, ein längeres Gedicht verfaßt. Die

Gattin des Chefs, die mir wohlgesonnen war, trug es vor. Es begann so:

Es liegt an uns, ein Wort zu sagen,
ein Wort des Dankes soll es sein.
Sie waren treu, jahraus, jahrein,
an vielen arbeitsreichen Tagen.

Und so weiter, die Worte sind mir seit jener Zeit entfallen, und eine Abschrift des Textes besitze ich nicht mehr. Es ist auch nicht so wichtig.

Kurz und gut, die Verse kamen an und es wurde mir Beifall gespendet. Daraufhin entspann sich ein Gespräch.

Die ältere Buchhalterin berichtete mit Tränen in ihren Augen von Mißhelligkeiten, welche sie mit ihrem Bruder, einem Fahrradhändler, hatte. Es ging um das leidige Geld, wie so oft in solchen Fällen. Das ältere Fräulein und die Frau des Chefs versuchten sie zu trösten, was auch halbwegs gelang. Die Buchhalterin wischte sich die Tränen aus den Augen und es konnte weitergehen.

Wir tranken Kaffee, verzehrten Scheiben des wohlschmeckenden Rosinenstollens und die Frau des Chefs schlug vor, einmal gemeinsam ein Weihnachtslied zu singen.

„Sie kennen doch bestimmt einiges“, sagte sie zu mir, „machen Sie doch einfach einen Vorschlag.“

„Gern“, erwiderte ich. „Ich denke an das schöne Lied: In dulci jubilo.“

„Das kennt doch kein Mensch“, warf der Chef ein.

Sein Bruder polterte los. „Da singen wir doch lieber ein vernünftiges Weihnachtslied.“ Und er fügte in wunderbarem Sächsisch hinzu: „O Danneboom“.

Also gut. Drei Strophen gingen so leidlich über die Bühne, die drei Frauen hielten tapfer mit, der Kraftfahrer schwieg verbissen, der ältere Arbeiter brummte, so gut er eben konnte. Kurzum, wir brachten es gut zu Ende.

„Noch eins“, bat das ältere Fräulein.

„Wie wär's“, schlug ich vor, „mit dem schönen Paul-Gerhardt-

Lied: Kommt und laßt uns Christum ehren. Ich sage die Verse an."
„Aber", schaltete sich der Chef ein, „wir sind doch hier nicht in der Kirche." Dabei war er Kirchenältester.
Schließlich einigten wir uns auf „O du fröhliche". Es sangen auch alle mit.
„Weiter", schlug ich vor, „Es ist ein Ros entsprungen."
„Aber", sagte der Bruder, „wir sind doch nicht im Gesangverein."
Ich zitierte den schönen Vers: „Wo man singt, da laß dich ruhig nieder, böse Menschen haben keine Lieder."
„Sie wollen doch nicht etwa behaupten, wir wären böse Menschen?" fragte mich der Kraftfahrer.
„Nein, keinesfalls, aber die Lieder gehören nun einmal zum Weihnachtsfest."
„Es ist doch auch egal!" Der Chef wurde schon ärgerlich. Da sagte ich einen Satz, der mir teuer zu stehen bekam.
„Aber, Herr Soundso, es ist doch auch nicht egal, wenn wir das billige Karbolineum zum Preis von vier Mark fünfzig verkaufen, obwohl es nur eine Mark fünfzig kostet."
Was jetzt folgte, wage ich nicht zu beschreiben. Die ganze Weihnachtsfeier löste sich in Wohlgefallen auf. Ich erhielt meine Quittung.
„Sie kann ich nicht mehr gebrauchen."
Nach Neujahr begann ich mit der Einhebung von Kirchensteuer in der kleinen Stadt und auf den umliegenden Dörfern. Es machte mir Spaß, und ich war viel an der frischen Luft.

Abfall

Als wir noch in der kleinen Stadt lebten, besaßen wir ein Hausgrundstück, welches ich von meiner Mutter geerbt hatte. Mein Großvater hatte den zweistöckigen Bau im Jahre 1900 errichten lassen.

Es gab viel Arbeit, um das Gebäude und die umliegenden Gärten zu unterhalten. Meine Frau betätigte sich auf allen Gebieten, so gut sie es vermochte. Sie bestellte Handwerker und erledigte vieles selbst, also das Streichen von Treppen und Türen und das Tapezieren der Wände. Wie ich ihr dabei half, davon soll im Folgenden die Rede sein.

Im Hof häufte sich ein Berg Abfall, also Bauschutt, alte, verrostete Rohre, abgerissene Tapeten und dergleichen. Ich versprach, die Rückstände mit unserem klapprigen Handwagen, der aber treu und brav seine Dienste verrichtete, abzutransportieren. Zu diesem Zweck belud ich den Wagen, soviel er zu fassen vermochte, und zog los.

Neben einer Eisengießerei erstreckte sich eine leere Fläche. Also kippte ich meine Ladung dort aus, unmittelbar neben dem Verbotsschild: Schuttabladen verboten. Zuwiderhandlungen werden bestraft. Der Rat der Stadt.

Auf diese Weise transportierte ich im Verlauf des Vormittags nahezu den gesamten Abfall auf diesen Platz. Ein Arbeiter aus der angrenzenden Fabrik beobachtete mich dabei. Zu Hause angekommen, sagte ich zu meiner Frau: „So, das wäre geschafft."

Sie schien zunächst zufrieden zu sein und harkte das Bohnenbeet weiter. Nach einer Weile richtete sie sich auf und fragte: „Wo hast du den Dreck hingefahren?"

„Ach", entgegnete ich, „wo gerade Platz war. Auf die Deponie neben der Eisengießerei."

„Dorthin?"

„Ja, meine Liebe."

„Sag mal, kannst du nicht lesen?"

„Doch“, erwiderte ich. „Ich lese sehr viel. Shakespeare, Goethe, Schiller oder die Bibel.“
„Laß jetzt die Ausflüchte. Hast du das Schild nicht gelesen?“
„Doch, habe ich.“
„Und? Weißt du, was auf dem Schild steht? Schuttabladen verboten. Zuwiderhandlungen werden bestraft.“
Ich versuchte einzulenken.
„Daß du das ohne Brille überhaupt erkennen kannst!“
„Jetzt will ich dir mal was sagen. Gut wäre es, wenn du endlich einmal deinen Verstand gebrauchen würdest. Wenn wir nun ein Strafmandat bekommen?“
„Dann bezahlen wir es eben.“
„Du hast gut reden. Bei deinen Einkünften als Schriftsteller. Zum Leben zu wenig, zum Sterben zuviel.“
„Irrtum, meine Liebe. Es ist auch zum Sterben zu wenig.“
Ich überlegte.
„Du, ich habe eine glänzende Idee. Heute nachmittag nehme ich den Handwagen und eine Schaufel, sacke den Schutt wieder ein und fahre ihn ins Nachbardorf. Dort ist eine alte Sandgrube. Ich glaube, da steht kein Schild.“
„Na, meinetwegen. Doppelte Arbeit.“ Sie schüttelte den Kopf und sagte: „Wir essen erst einmal zu Mittag.“
Das Essen war gut, und am Nachmittag zog ich mit Handwagen und Schaufel wieder los.
Auf der Deponie angekommen, schaufelte ich den Abfall wieder in meinen Wagen. Eine Frau in den mittleren Jahren kam und sah mir dabei zu.
„Was machen Sie denn?“
„Oh“, erwiderte ich, „ich bin eine unbezahlbare ABM-Kraft.“
„Und wo wollen Sie mit dem Dreck hin?“
„In die alte Sandgrube im Nachbardorf. Dort steht kein so schönes Schild.“
„Der nächste Weg. Da haben Sie aber ordentlich zu tun.“
„Macht nichts. Ich schaue mir dabei die Landschaft an.“
„Sie haben vielleicht Humor.“

„Sehen Sie, liebe Frau“, entgegnete ich, „wenn die Leute mehr Humor hätten, würden die Ärzte weniger verdienen.“
Die Frau schüttelte den Kopf und ging weiter. Immerhin, dachte ich, die zweite Frau, die heute über mich den Kopf geschüttelt hat. Eine beachtliche Leistung.
Was soll ich noch erzählen?
Als es Abend wurde, hatte ich es endlich geschafft. Der Abfall lagerte nun in der Sandgrube. Ich prüfte das Schild, ob es fest stand, sonst hätte ich es gleich mitgenommen. Aber der Rat der Stadt hatte solide Arbeit geleistet.
Als ich nach Hause fuhr, dachte ich: Wozu doch alles gut ist! Wenn man ein ordentlicher Mensch ist, wenn ein solches Schild da steht, und wenn man verheiratet ist. Der Staat kümmert sich wirklich um das Wohl seiner Bürger. Und ich hatte einen ergiebigen Stoff für eine Kurzgeschichte gefunden.

Brennholz

Als wir noch in der kleinen Stadt lebten und dort ein eigenes Haus besaßen, besuchten uns öfters die Schwester meiner Frau und ihr Mann aus Dresden. Sie kamen mit ihrem Auto, einem geräumigen Kombiwagen, und brachten uns jedesmal etwas mit. Also Eßwaren, Getränke, noch zu tragende Kleidungsstücke und manches andere mehr. Eines Tages brachten sie eine Ladung Brennholz mit, was zwar gesägt, aber noch zu zerkleinern war, und luden es auf dem Hof ab.

Am anderen Vormittag, als sie wieder abgefahren waren und meine Frau zum Einkauf unterwegs war, überlegte ich mir, wo ich das ungespaltene Holz wohl lagern könnte. In die Bodenkammer, kam es mir wie eine Erleuchtung in den Sinn. Ich wuchtete also das Holz die Treppen hinauf und war gerade damit fertig, als meine Frau zurückkam.

„Ich habe das Feuerholz oben in der Bodenkammer verstaut", gestand ich ihr. Sie war fassungslos.

„Du weißt wohl überhaupt nicht, daß wir einen Kohlenschuppen haben?" fragte sie mich.

„Doch", sagte ich.

„Wer hat dich denn auf die Idee gebracht? Bestimmt der Guntram."

„Der ist heute in der Kreisstadt zur Suchtberatung. Nein, ich habe mich allein geplagt."

„Wahrscheinlich soll ich dich jetzt noch bedauern", sagte meine Frau. Und sie fügte hinzu: „So etwas von Dummheit bei nur einem Menschen, nein, ich glaube wirklich, mehr läßt der liebe Gott nicht zu. Hast du dir eigentlich überlegt, daß das Holz noch gespalten werden muß? Da schleppen wir es wieder hinunter in den Hof."

„Ich verspreche dir", sagte ich, „es allein zu tun."

„Von der Brandschutzordnung hast du wohl noch nie etwas gehört?"

„Doch", entgegnete ich. „Schon Schiller hat gesagt:

Wohltätig ist des Feuers Macht,
wenn sie der Mensch gezähmt bewacht."

„Du als Hausbesitzer", sagte meine Frau.

„Weißt du", gestand ich ihr, „ich habe bei meiner Planung und Berechnung einige Faktoren ganz einfach unberücksichtigt gelassen."

„Hör mir auf mit deinen Berechnungen", sagte meine Frau. „Die stimmen doch weder hinten noch vorn."

„Unterschätze mich bitte nicht", erwiderte ich. „Bestimmt wäre ich in der Lage gewesen, den Eiffelturm zu konstruieren."

„Komm", sagte meine Frau. „Jetzt essen wir erst einmal zu Mittag."

„Jedenfalls brauchen wir im Winter nicht zu frieren."

Mit dieser ungemein logischen Feststellung betrachtete ich dieses Problem erst einmal als gelöst.

Zwanzig Zentner Brikett

Olaf lebte von Sozialfürsorge. Täglich arbeitete er vier Stunden beim Rat der Stadt, fegte die Straßen, besserte Zäune aus, säuberte den Sportplatz, schnitt im Sommer Hecken und Gras, schippte im Winter Schnee. Mit einem Wort: Mädchen für alles. Er war klein und hatte ein listiges Gesicht. Die Arbeit hatte er nicht erfunden.

Vor der Wende war er in einer Wellpappenfabrik als Hilfsarbeiter beschäftigt. Dort hatte man ihn entlassen. Er machte sich nicht viel daraus und bummelte so durch seine Tage.

Alles wäre nicht so schlimm gewesen, hätte nicht der Alkohol sein Leben zerstört. Das wenige Geld setzte er regelmäßig in Schnaps um. Vormittags arbeitete er, an den Nachmittagen hockte er in einer Videothek und sah sich zweifelhafte Filme an. Bei alldem war er meist vergnügt und guter Laune, hin und wieder schrieb er sogar Gedichte, die aber niemals gedruckt wurden.

Der Rat der Stadt kümmerte sich um die „Asozialen“. Damit er im Winter nicht erfror, bewilligte man ihm zwanzig Zentner Brikett. Kostenlos. Schwarze, runde Halbsteine. Sie wurden angefahren und auf den Hof des Hauses gekippt, in dem er wohnte.

Dort lagen sie. Da auch mein Freund Guntram eine kleine Wohnung in diesem Hause hatte, sah ich sie liegen. Außer den beiden wohnte ein lediges Mädchen, schon etwas älter, und noch ein unverheirateter Bursche im Haus. Das Haus gehörte einem Eigentümer in Westdeutschland, der die Mieten kassierte und sich ansonsten um nichts kümmerte.

Eines Tages starb das Mädchen, die Wohnung blieb leer stehen, und die drei jungen Männer waren unter sich.

Wenn ich meinen Freund besuchte, mußte ich über einen ungepflasterten Hof gehen, dort lagen die Briketts.

„Wann schafft denn Olaf einmal seine Briketts in den Schuppen?“ fragte ich Guntram. Er winkte ab.

Wenn Olaf zwei Eimer voll für seine Wohnung mit dem schadhaften Ofen brauchte, holte er sie, die anderen blieben liegen. Die Tage vergingen, die Briketts lagen im Hof. Manchmal bediente sich Guntram, weil er auch wenig besaß. Der Haufen blieb liegen. Eines Tages traf ich Olaf während der Mittagszeit.
„Nun, fertig mit der Arbeit?"
„Ach, halb so schlimm."
„Olaf, hast du deine Briketts schon in den Schuppen getragen?"
„Ach, ich bin mittags immer so müde, da haue ich mich aufs Ohr."
„Gut, wenn du schlafen kannst."
Der Winter begann, es fiel der erste Schnee. Er taute zwar im Laufe des Tages, aber die Straßen waren voller Matsch. Auf den schwarzen Halbsteinen blieben einige weiße Flocken haften.
„Komm, wir gehen hinauf in die Wohnung von Olaf", sagte ich zu Guntram.
„Bist du wahnsinnig?"
„Kann schon sein."
„Weißt du, wie es da aussieht?"
„Komm, wir gehen hinauf."
Aber Olaf war nicht da. Er wohnte im ersten Stock, daneben lag die leerstehende Wohnung des verstorbenen Mädchens. Ich zog mir alte Sachen an und nahm mir vor, Olaf zu helfen, die Briketts in den Schuppen zu lagern. Zuvor hatte ich einen Kampf mit meiner Frau zu bestehen.
„Sag mal, du hast wohl nichts Besseres zu tun? Hacke lieber Holz, wenn du nicht die ganze Zeit am Schreibtisch hocken willst."
„Das verstehst du nicht", belehrte ich sie.
„Nein, das kann auch niemand verstehen. Der Junge hat den ganzen Tag Zeit ..."
„Den halben Tag", unterbrach ich sie.
„Schön, den halben Tag. Aber die Paar Briketts kann er wohl selbst wegschaufeln."
Ich verließ unser Haus, aber Olaf war nicht anzutreffen. Gun-

tram war auch nicht in seiner Wohnung, so klopfte ich bei dem dritten jungen Mann.
Überlaute Rockmusik dröhnte mir entgegen. Erst hörte Wolfram mein lautes Klopfen nicht, dann öffnete er die Tür.
„Nanu?"
„Wolfram, ist der Schuppen von Olaf offen? Dann brauche ich zwei Eimer."
„Sie wollen doch nicht etwa die Briketts einschaufeln?"
„Genau das."
Der Schuppen war verschlossen. So zog ich unverrichteter Dinge wieder ab. Die Briketts lagen im Hof.
Weihnachten kam. Guntram feierte mit uns zusammen. Wir hatten einen kleinen Weihnachtsbaum gekauft und davor die Krippe aufgebaut. Die Figuren stammten noch aus meiner Kindheit. Der Jahreswechsel verlief relativ ruhig. Einige Raketen krachten, über den Häusern sprühten Lichtfontänen, die sich auf die Straßen ergossen.
Wir betraten den kleinen Hof. Im Mondlicht schimmerte ein Berg Briketts.
Der Haufen wurde kleiner, je kälter es im Januar war. Ende Februar waren die letzten Briketts verheizt.
„Siehst du", triumphierte Olaf, „nun ist der Haufen doch weg."
„Und du sitzt in deiner kalten Bude."
„Ich warte eben, bis die nächsten geliefert werden. Vormittags gehe ich arbeiten, am Nachmittag sitze ich in der Videothek."
„Du hast vielleicht Humor. Komm zu uns, wenn es dir zu kalt wird."
„Was treibst du eigentlich den ganzen Tag?"
„Ich schreibe ein Buch."
„Und wann gibt es das zu kaufen?"
„Das ist noch ein weiter Weg. Du kannst dir aber bei uns zwei Säcke Brennholz holen."
„Danke."
„Aber wie gesagt: Du holst sie."
„Du bist ein prima Kumpel. Wie heißt eigentlich dein Buch?"

„Noch habe ich mich nicht endgültig entschieden. Ich denke aber an: Die Feuerprobe. Oder: Das elende herrliche Leben."
„Sag mal, du gehst doch regelmäßig zur Kirche. Müßte das nicht irgendwie zum Ausdruck kommen?"
Ich wurde nachdenklich.
„Ja, du hast recht. Vielleicht nenne ich mein Buch: Jesus in unserer Stadt."

Philosophie

So ihr mich von ganzem Herzen suchen werdet,
so will ich mich von euch finden lassen.
Die Bibel

Der Junge saß, wie fast immer, in seinem Zimmer und hatte den Kassettenrecorder eingeschaltet. Zärtliche Musik, von einem Violinenensemble vorgetragen, erfüllte den Raum. An den Wänden hatte er die Fotos berühmter Spitzensportler befestigt, unter ihnen Boris Becker und Michael Stich. Er spielte selbst Tennis. Einmal in der Woche ging er zum Training. Ansonsten besuchte er das Gymnasium. Er war ein mittelmäßiger Schüler, aber er gab sich redlich Mühe.

Freunde hatte er so gut wie keine, auch zu den Mädchen fand er kaum Zugang. Verliebte er sich einmal, so wagte er kein Geständnis, bis das Gefühl abgeflaut war. Hin und wieder befriedigte er sich selbst.

Jochen war ein Einzelkind. Seine Eltern verwöhnten ihn zwar nicht, aber sie kümmerten sich auch nicht viel um ihn. Sein Vater war ein wortkarger Mann, der sehr jähzornig werden konnte und sich dann zu unbedachten Handlungen hinreißen ließ. Er arbeitete im Labor einer chemischen Fabrik. Die Mutter war als Buchhalterin bei einer Behörde angestellt. Sie besaßen eine modern eingerichtete Wohnung mit Anbauwand, Farbfernseher und Clubsesseln. In der Garage stand ein eleganter Ford Taunus. Die Familie traf sich nur zum Abendessen, das die Mutter geschmackvoll zubereitete: Steaks mit Pilzen oder Omeletts mit Konfitüre, der Speiseplan war sehr reichhaltig.

Manchmal fragte die Mutter: „Was Neues in der Schule?"

„Ach, immer die alte Leier."

„Hast du wieder eine Drei geschrieben in Mathe?"

Jochen winkte ab. „Es gibt Schlimmeres."

Jetzt schaltete sich der Vater ein.

„Hast du schon einmal darüber nachgedacht, wie es nach dem Abitur weitergehen soll?“
Der Junge nickte.
„Und?“
„Ich studiere Philosophie.“
Der Vater gab sich einen Ruck.
„Das ist ja unglaublich. Sieht dir aber ähnlich. Und von was willst du später einmal leben? Eines Tages mußt du dir dein eigenes Geld verdienen.“
„Das wird sich zeigen.“
„So. Du scheinst dir ja viele Gedanken um deine Zukunft zu machen. Philosophie! Und das bei lauter Dreien in den meisten Fächern. Weißt du, was da verlangt wird? Da braucht man einen wachen, aufgeweckten Geist!“
„Den habe ich.“
„So. Den hast du. Mein Herr Sohn will Philosophie studieren. Wer hat dir denn die Flausen in den Kopf gesetzt?“
„Niemand. Das habe ich mir selbst überlegt. Versteht ihr denn gar nicht, daß ich endlich einmal einiges begreifen möchte?“
Jetzt schaltete sich die Mutter ein.
„Nun ist aber Schluß mit dem Streit. Das entscheiden wir doch heute nicht. - Jochen, es wird sich schon etwas für dich finden. Etwas, was deinen Interessen entspricht. Ich denke dabei an Buchhändler oder Bibliothekar. Das sind schöne, ruhige Berufe. Du paßt einfach nicht in einen Betrieb.“
In der Nacht dachte der Junge daran, wie seine Mutter doch versucht hatte, ihn zu verstehen. Würde es nur öfters geschehen. Die Jungens in seiner Klasse waren zu der Ansicht gelangt, Jochen sei hochnäsig, weil er sich nicht an ihren Streichen beteiligte. Ach, wie wenig kannten sie ihn. Er sehnte sich nach einem Menschen.
(Schlafstörungen mit siebzehn Jahren. Da kommen die Gedanken wie Ameisen gekrochen. Die Selbstzweifel. Er wagte nicht, ein Geständnis abzulegen. Philosophie als Versuch einer Lösung. Die anderen dachten alle so praktisch. Er war unpraktisch.)

Er sehnte sich nach einem Menschen.
Und er sollte ihn finden.
Nach gar nicht allzulanger Zeit.
Ein blonder, gutgebauter Basketballspieler nahm sich seiner an. Sie trafen sich im Sportzentrum, dort, wo auch Tennis gespielt wurde.
„Komm doch mit auf ein Bier."
Es war ungewohnt, die Atmosphäre in einer Gaststube. Viel Tabakrauch, Alkoholdunst, der Duft nach gebratenem Fleisch. Aber Jochen lebte auf. Dirk - der Basketballspieler - legte die Hand auf Jochens Oberschenkel.
„Komm doch mit zu mir. Ich wohne allein. Da können wir einmal miteinander quatschen."
Jochen erzählte von seinen Studienplänen. Dirk zeigte Verständnis.
„Du könntest Hochschullehrer werden."
Daran hatte Jochen noch gar nicht gedacht. Ja, Lehrer. Das erworbene Wissen an Jüngere weitergeben, das würde ihm schon Spaß machen.
Dirk holte Kognakgläser. Die braune Flüssigkeit versetzte den Jungen in eine euphorische Stimmung. So blieb er bis spät in die Nacht.
Als er nach Hause kam, hörte er, wie die Eltern im Schlafzimmer schliefen. Vater schnarchte, daneben Mutters regelmäßige Atemzüge. Jochen hatte die Schuhe bereits im Treppenflur ausgezogen und schlich auf sein Zimmer.
O weh, morgen eine Physikarbeit. Auch das noch. Na, es würde schon gehen.
Von nun an trafen sich die Freunde öfters. Immer in Dirks Wohnung. Einmal kam Jochen erst gegen Morgen nach Hause. Die Eltern hantierten in der Küche.
„Wo kommst du denn jetzt her?"
„Ich habe bei Dirk geschlafen."
Soso, der Basketballspieler. Der Vater erkundigte sich im Betrieb. Ach so, der. Der arbeitet bei der Gewerbebank. Hat im-

mer junge Männer um sich, niemals ein Mädchen. Merkwürdige Geschichte.
„Ach, dummes Zeug“, knurrte der Vater. „Bin froh, daß Jochen endlich einmal jemanden gefunden hat.“
Eines Tages wurde der Basketballspieler polizeilich vorgeladen. Es fand ein Gespräch statt, von dem keiner etwas erfuhr. Vielleicht so einer? Dem Vater wurde es zugetragen.
„Du, paß auf deinen Jungen auf!“
Der Vater nahm sich vor, noch am selben Abend eine Aussprache mit seinem Sohn herbeizuführen.
Mit Jochen war eine merkwürdige Veränderung vorgegangen. Seine Bewegungen wirkten fahrig, oft war er ganz abwesend, seine Augen glänzten, die Lider röteten sich. Immer öfters besuchte er seinen Freund.
Am Abend nach dem Essen sagte der Vater zu ihm: „Du, Jochen, mit dir stimmt doch etwas nicht. Du machst uns doch nichts vor?“
„Was soll denn sein?“ bockte der Junge.
„Dein neuer Freund - wer ist das eigentlich?“
„Ich habe ihn beim Sport kennengelernt.“
„Und was treibt ihr so zusammen?“
Jochen senkte den Kopf.
„Mit ihm kann ich wenigstens einmal über alles reden.“
„Soso. Und dann kommst du erst am Morgen nach Hause?“
„Na und?“ Der Junge war sichtlich erregt.
Nun wurde der Vater streng.
„Ich frage dich nochmals, was treibt ihr beide so zusammen?“
Erst schwieg der Junge eine Weile. Dann stieß er zwischen den Zähnen hervor: „Das geht keinen Menschen etwas an!“
Die Zornesader auf der Stirn des Vaters schwoll bedrohlich an. Alarmstufe eins. Dann folgte die Explosion.
„Du, ich will dir was sagen. Die Leute im Betrieb tragen mir einiges zu. Was ist das für einer, dein Freund Dirk?“
„Er arbeitet bei der Bank. Alles andere geht euch nichts an.“
Das war zuviel.

„Du schwules Schwein!“ tobte der Vater.
Die Mutter, welche bisher dem Gespräch schweigend gefolgt war, hob fassungslos die Arme empor.
„Edgar!“
„Hinaus!“
Der Vater verlor vollständig die Beherrschung. Später würde es ihm leid tun, das wußte er selbst. Aber noch war es nicht so weit.
Jochen war ganz blaß geworden. Er starrte seine Eltern an.
„Das habt ihr nur einmal zu mir gesagt!“
Krachend flog die Tür ins Schloß. So wie er war trat Jochen hinaus auf die Straße. Seine Gefühle waren verwirrt, er konnte kaum klar denken. Und doch wußte er: Seine Eltern hatten recht.
Es war ein milder Herbstabend. Er lief ziellos in den Straßen umher. Überquerte eine Brücke und überlegte für einen Augenblick, ob er in den breiten, träge dahinströmenden Fluß hinunterspringen sollte. Aber er rannte weiter.
Vor einer Gaststätte standen einige Männer. Sollte er hineingehen? Da merkte er, daß seine Geldbörse in einer anderen Hose steckte.
Wieder rannte er über die Brücke. Der abnehmende Mond spiegelte sich im Wasser. Wo sollte er hin? Wieder nach Hause? Ausgeschlossen.
Es gab nur einen Weg für ihn. Und den schlug er ein.
Dirk war schon im Pyjama, als er die Tür öffnete. Jochen stand zitternd vor ihm.
„Du, Dirk, kann ich bei dir übernachten?“
„Selbstverständlich.“
„Mein Vater hat zu mir gesagt: Du schwules Schwein. Da bin ich von zu Hause weggerannt.“
Dirk blieb ungerührt.
„Damit mußt du rechnen.“
„Aber wo soll ich denn jetzt hin?“
Dirk entschied: „Du bleibst erst einmal bei mir.“

Er betrat das kleine Wohnzimmer seines Freundes. Geschmackvolles Mobilar, an den Wänden Aktfotos.
„Dirk, kann ich auf deiner Liege schlafen? Bitte, laß mich für heute. Gib mir nur eine Decke, ich behalte meine Sachen an."
„Willst du etwas zu essen oder zu trinken?"
„Gegessen habe ich schon. Gib mir nur einen Schluck Selters."
„Ich stelle dir gleich eine Flasche her. Kopf hoch, alter Junge. Willst du jetzt immer noch Philosophie studieren?"
„Ja. Ich möchte die Zusammenhänge begreifen."
„Na dann, viel Glück. Leg dich hin und schlaf dich erstmal aus. Morgen sieht die Welt schon ganz anders aus."
Morgen? dachte Jochen. Ich darf gar nicht daran denken. Was wird morgen sein?
Er schaltete das Licht aus. Auch im Dunkel starrten ihn die Bilder wie mit Geisteraugen an. Immerhin, er hat mich aufgenommen. Dann versuchte Jochen zu schlafen. Aber er war zu aufgewühlt. Ein Gedanke setzte sich in ihm fest, und er ließ sich nicht abschieben. Als er noch klein war, besuchte er oft seine Großmutter. Sie war eine schlichte, lebenskluge Frau. Immer, wenn sie ihn zu Bett brachte, sprach sie ein Gebet. Großmutter ging regelmäßig zur Kirche. Seltsam, daran mußte er jetzt denken. Erinnerungen aus früher Kindheit, längst verschüttet, tauchten wieder auf.
Sollte er? Aber das konnte er doch jetzt nicht. Nicht in dieser hoffnungslosen Situation. Ob es das überhaupt gab? Aber der Gedanke bohrte sich in ihm fest: Beten. Wie war das doch damals? Was hatte die Großmutter immer gebetet?

Lieber Gott, mach mich fromm,
daß ich in den Himmel komm.

Nein, so ging das nicht. Es mußte seiner Situation entsprechen. Und so legte er die Hände übereinander und flüsterte: Lieber Gott, ich weiß nicht, ob es dich gibt. Aber wenn du da bist, so hilf mir doch. Bitte! Ich weiß nicht mehr weiter.
Seltsam. Ein tiefer Friede kam über ihn. Er drehte sich auf die Seite und schlief ein.

Als er erwachte, war es schon hell. Dirk war aufgestanden und bereitete das Frühstück zu.
„Na, Jochen, du hast ja gepennt wie ein Weltmeister."
Wenn du wüßtest, dachte Jochen.
„Gehst du ins Gymnasium?"
„Du bist vielleicht gut. Meine Kollegmappe liegt doch zu Hause."
„Na, dann machst du eben blau. In der Kochnische steht Kaffee, Brötchen und Butter. Bediene dich aus dem Kühlschrank."
„Ich danke dir." Dann seufzte Jochen. Wie soll es weitergehen? Wenn die in der Schule etwas erfahren? Er brach den Gedankenfaden sofort ab.
Dirk ging zur Bank. Er trug ein dunkelblaues Jackett, ein gestreiftes Oberhemd und einen cremefarbenen Binder. „Nobel geht die Welt zugrunde", pflegte er zu sagen.
Jochen hatte die Decke zusammengefaltet und saß auf dem Rand der Liege.
Er hat doch eine Dusche, dachte er. Er kleidete sich aus und betrat den kleinen Raum. Dort drehte er das kalte Wasser auf und stellte sich einige Minuten unter das Strahlenbündel. Dann frottierte er sich ab.
Die Zeit verging. Es war schon zehn Uhr. Da klopfte es an der Tür. Er öffnete. Vor ihm stand - seine Mutter.
„Jochen."
„Mutti. Wie hast du denn hierher gefunden?"
„Ich dachte daran, wie du sagtest: Er arbeitet bei der Bank. Da habe ich mich erkundigt. Hätte ich dich nicht gefunden, wäre ich zur Polizei gegangen."
„Bist du denn nicht auf Arbeit?"
„Denkst du, ich kann heute arbeiten? Und du?"
„Ich konnte auch nicht ins Gymnasium gehen."
Die Mutter blickte sich um. „Hier fühlst du dich also wohl?"
„Ach Mutti. Versteh doch, mit Dirk kann ich einfach über alles sprechen. Richtig miteinander quatschen."
Die Mutter spürte den Vorwurf. Ja, sie hatten sich einfach zu

wenig Zeit genommen für ihren Sohn. Das war nun die Folge.
„Jochen, mit dieser Freundschaft ist jetzt Schluß!“
„Aber Mutti, begreif doch, er hat mich gestern aufgenommen. Wenn er mich weggeschickt hätte, dann ...“ Er vollendete den Satz nicht. Die Mutter erschrak bis ins tiefste Innere.
„Jochen, mein Jochen!“
Und dann geschah, was in letzter Zeit so selten geworden war: sie nahm den Kopf des Jungen an ihre Brust und er begann hemmungslos zu schluchzen.
„Mutti, ich will das doch gar nicht. Ich möchte einmal ein Mädchen liebhaben, sie dann heiraten, zwei, nein, drei Kinder möchte ich haben. Damit meine Kinder Geschwister haben und nicht so allein sind.“
Wieder spürte die Mutter einen stummen Vorwurf. „Wir sind schuld“, flüsterte sie. Immer nur der ganze Wohlstand.
„Es wird alles gut werden“, tröstete sie ihren Sohn. „Ich bringe dich jetzt zu Onkel Bernd, Ralf ist doch von zu Hause fort und studiert Maschinenbau. Da kannst du in seinem Zimmer schlafen. Wenigstens einstweilen. Und morgen gehst du wieder zur Schule, ja? Das versprichst du mir!“
Ralf, sein Vetter. Er kommt doch über das Wochenende nach Hause. Vielleicht kann ich zu ihm eine Beziehung aufbauen, dachte Jochen. Aber er ist so ganz anders als ich. Und doch: Vielleicht gerade deshalb.
Dann fragte er seine Mutter: „Und Vati?“
„Wir haben beide die ganze Nacht nicht geschlafen. Erst ließ es sein Stolz nicht zu, und als wir dich dann suchen wollten, war es zu spät.“ Mein Gott, dachte sie. Was er vorhin angedeutet hat ... Sie brach in Tränen aus.
„Mein armer, armer Junge.“
„Mutti, weißt du, was ich gestern abend getan habe?“
Wieder erschrak die Mutter. War denn das noch nicht alles?
„Ich habe an Großmutter gedacht. Und dann habe ich - gebetet.“
„Was hast du?“

„Ja. Und dann habe ich die ganze Nacht ruhig geschlafen."
Meine Mutter, dachte die Frau. Daß sie nicht mehr am Leben ist. Sie wüßte jetzt Rat. Und in Gedanken fügte Jochens Mutter hinzu: Was haben wir doch alles versäumt!
„Du, Mutti, das Leben, verstehst du, es ist manchmal so kompliziert." Das Wort war größer, als beide es im Augenblick empfanden.
„Und deshalb willst du Philosophie studieren?"
„Ja, Mutti. Die Zusammenhänge, verstehst du ... Die Zusammenhänge."
Wir sind ihm die Antwort schuldig geblieben, dachte die Mutter. Aber haben wir denn selbst auf alles eine Antwort? Ein sonniger Herbsttag schüttete sein Gold über der Stadt aus. Die Sonne schien. Die Fußgänger hatten es eilig. Die Ampeln wechselten die Farben und regelten so den Verkehr. Eine Mutter und ihr Sohn blieben vor einem Schaufenster stehen. Sie musterten die Ware und prüften die Preise. Das Leben ging immer weiter, das elende, herrliche Leben.
Und beide hatten nur einen Gedanken: Er will die Zusammenhänge begreifen.
Vielleicht war er auf dem besten Wege dazu.

Das Inserat

Nach der Scheidung bezog Detlef Klammer eine Kleinstwohnung in einem Altbau, bestehend aus einem mittelgroßen, quadratischen Wohn- und Schlafraum mit einem kleinen Nebengelaß, welches als Küche und Abstellraum diente. Im Zimmer standen ein kombinierter Wäsche- und Kleiderschrank aus hellem Holz, ein Bücherregal mit einigen Bänden Balzac, Dostojewskij, Edgar Allan Poe und verschiedenen anderen Autoren, darunter ein dreibändiges Lexikon. In der Mitte ein runder Tisch aus Nußbaumholz und drei Stühle mit grünen Kissen. Eine altmodische Stehlampe, das Bett und ein Waschtisch. Neben der Tür stand ein schwarzer, gußeiserner Ofen, der immer wieder nachgefüllt werden mußte, sollte es im Winter einigermaßen warm sein.

Alles war sehr einfach gehalten. Das Mobilar stammte von seinen Eltern; was in der Ehe angeschafft worden war, zum Beispiel eine moderne Schrankwand, hatte seine Frau behalten. In der kleinen Küche befand sich lediglich ein Wasserhahn mit Abflußbecken, ein schmaler Küchenschrank mit wenig Geschirr, eine Kaffeemaschine und ein elektrischer Kocher mit zwei Platten. Detlef Klammer kochte grundsätzlich kein Mittagessen, wenn er Hunger verspürte, aß er einige Scheiben Brot mit Margarine, Wurst, Quark oder Käse. Dazu zwei Tassen Kaffee. Es genügte ihm vollständig.

Das Trockenklosett befand sich auf halber Treppe. In früheren Zeiten galt seine kleine Wohnung als Unterkunft für Dienstboten. Die Ehe des Detlef Klammer war unerfüllt geblieben. Durch Vermittlung hatte er seine Frau kennengelernt. Liebe bestand kaum. So hatten sie auch keine Kinder.

Mehr und mehr lebten sich die Eheleute auseinander. Gegenseitige Verletzungen blieben nicht aus. Die Frau stellte Ansprüche, die der Mann als ungelernter Lagerist nicht erfüllen konnte, denn es war wenig Geld da - trotz sparsamer Lebensführung. So beschlossen die beiden schließlich, sich friedlich zu trennen. Es

gab nur einen Termin vor Gericht. Detlef gab einen Grund an, der bei ihm vorhanden war, und die Ehe wurde geschieden.
Als er allein war, kündigte Detlef Klammer seine Stellung und blieb zu Hause, um sich einen Jugendtraum zu erfüllen. Er hatte noch einige Ersparnisse, von denen er die Miete bezahlen konnte. Sie war nicht sehr hoch.
Tagtäglich saß er an seinem Tisch und beschrieb weiße Bogen. Weiße Bogen Papier. Er wollte ein Schriftsteller sein, und er sagte sich: Vielleicht gelingt mir eines Tages der Durchbruch. Aber noch war es nicht soweit.
Eines Tages kaufte er sich eine Fahrkarte und fuhr mit dem Personenzug nach Leipzig. Auf dem Querbahnsteig befand sich ein Zeitschriftenkiosk. Er kaufte die Biographie von Tenessee Williams und das Magazin „Männer". In der Bahnhofsgaststätte trank er zwei Flaschen Tonic und verzehrte sein mitgebrachtes Käsebrot.
Er blätterte die Zeitschrift durch und sah sich die Fotos an. Zu Hause angekommen, schrieb er an die Redaktion und gab folgende Anzeige auf:

> Bin alleinstehend, suche einen Freund mit Interesse
> an Religion, Philosophie und Kunst, zwecks
> gemeinsamer Lebensgestaltung.
> Angebote unter Chiffre etc.

Als er damit fertig war, fragte er sich: Weshalb habe ich eigentlich Religion geschrieben? Literatur wäre doch zutreffender gewesen. Aber er ließ es so, wie es war.
Zwei Monate vergingen, das Inserat war veröffentlicht worden, da erhielt er folgenden Brief:
„Lieber Freund, ich weiß zwar herzlich wenig von dir, wäre aber bereit, mich mit dir zu treffen. Ich interessiere mich hauptsächlich für Kriminalromane, aber irgendwie werden wir schon klarkommen. Als Treffpunkt schlage ich vor: Café Corso in Leipzig, Grimmaische Straße. Ich bestelle einen kleinen Tisch und trage einen violetten Overall."
Detlef las das Schreiben einige Male, dann beschloß er, das An-

gebot anzunehmen. Zu dem vereinbarten Termin fuhr er also nach Leipzig und betrat das angegebene Café. Er blickte sich um und konnte zunächst niemanden erkennen. So setzte er sich an einen Tisch und bestellte ein Glas Tee.
Plötzlich stand der andere vor ihm. Er war zwar nicht violett gekleidet, sondern trug eine schwarze Tuchhose, etwas zerknittert, und ein knallgelbes Hemd mit Aufdruck in Englisch, Detlef konnte es nicht übersetzen. Die Hände hatte er in den Hosentaschen vergraben. Er war noch jung. Auf seinem schon etwas verlebten Gesicht lag ein breites Grinsen.
„Du kommst doch wegen der Anzeige, stimmt's? Das mit dem violetten Overall habe ich nur so geschrieben, weißt du, ich besitze gar keinen."
Detlef stand auf, reichte seinem Gegenüber die Hand, der zog die seine langsam aus der Hosentasche und gab sie ihm. Dann setzten sich beide. Der andere sagte: „Tee? Bist wohl nicht gut bei Kasse?"
„Nein. Aber ich bestelle dir etwas. Was willst du essen oder trinken? Aber zunächst sage mir einmal deinen Vornamen."
„Also, ich heiße Mac, Mäckie sagen alle zu mir, und bevorzuge ein Bier und warme Würstchen."
Detlef winkte dem Ober und gab die Bestellung auf. Mäckie fragte: „Was treibst du eigentlich?"
„Bin Schriftsteller."
„Oh, ganz was Neues. Fließen da nicht die Moneten? Ich meine, Bestseller und so?"
„Hast du 'ne Ahnung. Man sagt immer: Zum Leben zu wenig, zum Sterben zuviel. Bei mir ist es auch zum Sterben zu wenig."
„Na komm! Wie ich von Edgar Wallace gehört habe, hatte der einen Rennstall."
Detlef ergänzte: „Später war er dann hoffnungslos verschuldet."
Mäckie winkte ab. „Zu große Graupen im Kopf. Mensch, das fängt man doch anders an. Was schreibst du eigentlich?"
„Gedichte und kurze Prosa."
„Idiotisch, sage ich dir. Krimis mußt du herausbringen, knall-

hart, mindestens drei Tote auf jeder Seite und auf jeder zehnten Seite ein Banküberfall. Das wollen die Leute lesen. Das wird gekauft."
„Ich eigne mich nicht dazu."
„Quatsch, sowas läßt sich doch erlernen."
Mäckie machte eine kurze Pause. Dann fuhr er fort: „Sag mal, wie meinst'n du das mit Religion?"
Detlef hielt einen Augenblick inne, bevor er antwortete: „Ich glaube an Gott."
„Hm", machte Mäckie. Und fügte hinzu: „Auch wenn du so bist?"
„Auch wenn ich so bin."
Wieder entstand eine Pause. Der Kellner brachte das Bier und die Würstchen.
„Mir noch einmal Tee", bestellte Detlef. Dann wandte er sich Mäckie zu: „Laß dir's erstmal schmecken."
Mäckie begann zu essen. Dann nahm er den Gesprächsfaden wieder auf: „Weißt du, wenn es mir mal zum Kotzen ist - du verstehst, was ich meine -, dann gehe ich in die Thomaskirche, setze mich zehn Minuten in eine Bank, denke an gar nichts, dann stehe ich wieder auf, und es ist mir irgendwie leichter. Kannst du mir das erklären?"
Detlef zog die Stirn in Falten, dann sagte er: „Weißt du, was ich mache?"
„?"
„Ich lese manchmal in der Bibel. Ich habe noch eine von meinen Eltern."
„Die Bibel?" fragte Mäckie. „Das ist zu hoch für mich."
Detlef erwiderte: „Du glaubst nicht, was für ein wunderbares Buch das ist. Alle Höhen und Tiefen menschlichen Lebens sind darin enthalten. Ohne die Bibel könnte ich kein Schriftsteller sein."
Mäckie sagte: „Und wie meinst'n das mit Philosophie? Bist du leicht übergeschnappt?"
„Ich meine", entgegnete Detlef, „daß man sich ganz einfach Ge-

danken machen muß über die ganze Welt und das menschliche Leben. Und irgendwie hängt das mit dem Glauben zusammen und findet seinen Ausdruck in der Kunst."
„Mensch", Mäckie starrte ihn an, „bescheuert bist du nicht. Wenn man es auch denken könnte. Aber ich kann mir noch was denken: Du bist ein ganz armes Schwein. Komm, erzähl mir nichts. Die Zeche bezahle ich, verdiene nicht schlecht als Kranfahrer. Ober, noch zwei Bier und zweimal Würstchen. Und zwei doppelte Kognak. Jetzt geht's erstmal richtig los."
Sie redeten miteinander, oder, wie man heute sagt, sie quatschten miteinander. Über alles mögliche. Auch über Bücher. Über Lebensfragen. Über den Glauben.
Drei Stunden waren vergangen, da sagte Detlef: „In einer halben Stunde fährt mein Bus. Kommst du mit?"
„Na, sehr feudal hast du es ja nicht gerade", raunzte Mäckie, als sie Detlefs Wohnung betraten. „Nicht mal 'nen Fernseher?"
„Den hat meine Geschiedene behalten."
„Hast du wenigstens ein Radio?"
Detlef wies auf ein kleines Transistorgerät, das neben dem Bett auf dem Fußboden stand. Mäckie drehte daran herum, bis er Rockmusik fand.
„Nicht so laut", mahnte Detlef. Er holte zwei Flaschen Bier.
„Für dich. Ich trinke Selters."
Detlef machte sich in der Küche zu schaffen und bereitete ein bescheidenes Abendbrot zu. Sie aßen schweigend.
„Gehen wir zu Bett", sagte Detlef. Beide zogen sich vollständig aus.
Nach zwei Stunden erhob sich Detlef und verließ den schlafenden Mäckie. Er ging in seine kleine Küche und setzte sich auf einen Stuhl. Dort blieb er bis zum Morgen.
Ein unbeschreibliches Gefühl von Ekel übermannte ihn.
Beim Frühstück sagte er zu Mäckie: „Du, ich glaube, das ist doch nicht der richtige Weg."
„Das mußt du selber wissen. Gestern sagtest du, du wärest geschieden? Es ging wohl nicht?"

„Nein“, sagte Detlef. „Aber das andere ist fast noch schlimmer.“
„Manche mögen's heiß“, zitierte Mäckie den Titel eines bekannten Films.
Als sich Mäckie verabschiedete, sagte er: „Lies wieder einmal in dem Buch, was auf deinem Tisch liegt.“ Dann ging er.
Detlef überlegte: Was meint er wohl? Es war Stendhals „Rot und Schwarz“. Er schlug es auf.
Auf dem Titelblatt lag ein Fünfzigmarkschein.
„Mäckie“, flüsterte Detlef, „du bist doch ... nein, du bist ganz einfach ein Mensch.“

Im Spielkasino

Nach der Bibelstunde machte ich noch einen Spaziergang durch die Straßen unserer kleinen Stadt. Ich durchstreifte eine schmale Gasse mit engen, niedrigen Häusern, die dicht beieinander standen, und überquerte eine schadhafte Brücke, die über einen kleinen Fluß führte. Das Wasser war trübe und schmutzig. In einer Ecke der Straße, die an die Brücke angrenzte, befand sich das Spielkasino. Mehr aus Neugierde als aus Leidenschaft betrat ich einen engen Raum mit einer Theke an der linken Seite und den Spielautomaten an den Wänden. Ein junger Bursche mit groben Gesichtszügen hockte neben der Theke und trank ein Glas Bier.

Ich hatte absolut keine Ahnung und zog meine Geldbörse aus der Gesäßtasche. Eine Mark entnahm ich ihr und steckte sie in den Schlitz des Automaten. Ein zartes Klingeln ertönte, der Apparat lief. Ich wußte nicht, welche Tasten ich betätigen sollte und so lief der Automat selbständig. Das Geld war verspielt und ich schob ein Zweimarkstück in die Öffnung. Plötzlich stand das Mädchen neben mir. Sie erläuterte mir die Betätigung der Spielautomaten. Ich erschauerte bis ins tiefste Innere. War das Mädchen hübsch! Lange, dunkle Haare fielen ihr auf die Schultern, ihre Gesichtszüge waren zart, ihre Taille schmal. Sie trug ein enganliegendes, dunkles Kleid. Ihre Stimme klang leise und melodisch.

Wie aus dem Fernsehen, kam es mir in den Sinn. Ich dachte an Erotikfilme, die ich mir in schlaflosen Nächten angesehen hatte. Sie entfernte sich lautlos. Mir aber war klar, daß ich sie nie mehr vergessen würde.

Nachdem ich vier Mark verspielt hatte, verließ ich das Lokal. Zu Hause angekommen, verschwieg ich meiner Frau, was ich erlebt hatte.

In der Nacht lag ich lange wach. Meine Gedanken, meine Empfindungen waren gefangen.

Am anderen Tage ging ich zur Bank und hob einen größeren

Betrag von unserem Konto ab. Dann betrat ich ein Juweliergeschäft und ließ mir Halsketten zeigen. Davon wählte ich ein teures Stück aus. Die Verkäuferin verpackte es in einem fliederfarbenen Etui.
Wieder ging ich zum Spielkasino. Aber das Mädchen war nicht da. Ich beschloß, am nächsten Tag wiederzukommen. Auch am nächsten Tag traf ich das Mädchen nicht an. Diesmal verspielte ich zehn Mark. Das Ende der Woche nahte.
Am Sonnabend war das Spielkasino überfüllt. Aber unter den jungen Leuten, die herumstanden, entdeckte ich das Mädchen. Ich ging zu ihr und überreichte ihr mein Geschenk. Sie war verwundert und öffnete das Etui.
„Für dich", sagte ich. „Gefällt es dir?"
Sie ließ die Kette durch ihre Finger gleiten.
„Ja", sagte sie, „wirklich hübsch. Das war doch bestimmt teuer?"
„Macht nichts", erwiderte ich. „Hauptsache, es gefällt dir."
Plötzlich stand ein junger Bursche vor mir. Er war groß, dunkelhaarig und hatte ein zwar hübsches, aber brutales Gesicht. Einen silbergrauen Blouson trug er über einer schwarzen Kordhose. Er nahm eine drohende Haltung ein.
„Was geht hier vor?"
Ich straffte mich und erwiderte: „Das geht dich einen feuchten Dreck an!"
„Du", fuhr er mich an, „laß deine Pfoten von meinem Mädchen. Sonst geht es dir schlecht."
Dann wandte er sich an das Mädchen. „Augenblicklich gibst du ihm die Kette zurück!"
Das Mädchen sagte: „Ich denke gar nicht daran. Er will mir eine Freude machen. Du versäufst doch nur dein ganzes Geld."
„Du", herrschte er das Mädchen an, „nimm dich in acht!"
Jetzt schaltete ich mich ein: „Bilde dir nicht ein, daß ich Angst vor dir habe!"
Der Bursche ballte die Faust. Ich griff nach einem Stuhl. Das Mädchen stellte sich zwischen uns.
„Harald, wenn du jetzt nicht aufhörst, ist Schluß zwischen uns!"

Der Bursche höhnte: „Denkst du, ich kenne den nicht? Der war doch schon in der Klapsmühle."
Plötzlich schob sich ein Mann zwischen uns. „Was geht hier vor?"
Ich war in höchster Erregung. „Was geht Sie das an?"
„Ich bin der Inhaber dieses Lokals", belehrte er mich.
Der Bursche trat vor ihn hin. „Der will mir das Mädchen ausspannen."
„Stimmt gar nicht", erwiderte ich. „Ich habe ihr nur einen Schmuck geschenkt."
Der Besitzer stellte sich vor uns hin. „Bitte, verlassen Sie mein Lokal!"
Ich taumelte zur Tür. Da stand das Mädchen vor mir: „Du, die Kette ist wunderbar. Ich hebe sie mir gut auf. Wirklich, du bist ein feiner Kerl!"
Ich hauchte: „Ich werde dich nie vergessen!"
Da stand der Bursche vor mir. Ein roher Faustschlag traf mich mitten im Gesicht. Ich spürte, wie mir Blut aus der Nase schoß. Da packte mich eine unbändige Wut. Meine psychische Erkrankung hatte mich voll im Griff. Wie von Sinnen hatte ich einen Barhocker gepackt und stürmte auf den Burschen los. Da packten mich zwei kräftige Arme. Eine männliche Stimme sagte: „Mach doch keinen Blödsinn! Wegen so einer Schickse. Du hast doch eine Frau."
Ich torkelte hinaus ins Freie. Zwei Worte jagten durch meinen Sinn: Schickse. Das war doch nicht möglich. Und dann das andere Wort: Du hast doch eine Frau.
Wohin, dachte ich. Zum Pfarrer.
Eine Frage bohrte sich hartnäckig in mein Denken: War das, was ich seit Tagen verübte und was nun einen so furchtbaren Ausklang gefunden hatte, Ehebruch?
Folgenschwer. Der Besuch des Kasinos war folgenschwer verlaufen. Mit dem Taschentuch wischte ich mir das Blut vom Gesicht. Das war das letzte Mal, schwor ich mir, daß du dorthin gegangen bist. Wenn du nun zum Mörder geworden wärest?

Auf mein Klingeln öffnete die Pfarrfrau.
„Rainer, wie siehst du denn aus?"
Ich winkte nur ab. „Kann ich den Pfarrer sprechen?"
„Aber gewiß."
Sie führte mich ins Amtszimmer. Der Pfarrer saß am Schreibtisch, vor sich eine Menge Bücher. Anscheinend bereitete er sich auf die Sonntagspredigt vor. Fassungslos blickte er mir ins Gesicht.
Da erzählte ich ihm alles, was seit Tagen geschehen war. Alles. Ich verschwieg ihm nichts. Vor allem, daß ich mich in das Mädchen verliebt hatte. Es vergingen einige Augenblicke. Dann sah mir der Pfarrer tief in die Augen. „Rainer, warum hast du dich auf dieses Terrain begeben? Wußtest du nicht, welcher Geist dort sein Unwesen treibt?"
„Ich wollte mir das nur einmal anschauen."
„Und was dabei herausgekommen ist, liegt auf der Hand." Der Pfarrer seufzte. „Weißt du nicht, daß du zu deiner Frau gehörst? Verstehst du: keiner anderen?"
Ich schwieg betroffen.
„Am besten ist, du erzählst deiner Frau erst einmal nichts von dieser Sache. Du belastest sie über Gebühr."
Dann sah er mich wieder an.
„Natürlich, ich verstehe, dein Gesicht. Wasche dich erst einmal gründlich in unserer Küche, anschließend wird dir meine Frau einen feuchten Umschlag auflegen."
Es geschah, was er gesagt hatte. Als ich wieder ins Amtszimmer trat, war nichts mehr von meiner Verletzung zu sehen. Der Pfarrer fing wieder an: „Nun die Sache mit dem Geld. Kontrolliert deine Frau euer Konto?"
„Eigentlich kaum. Die finanziellen Dinge erledige ich."
„Versuche, den Verlust zu verschmerzen. Ein bitteres Angelt. Aber laß es dir eine heilsame Lehre sein!"
Wir knieten nieder zum Gebet. Noch einmal sprach ich alles aus, was an Schuld in mein Leben geraten war, diesmal unmittelbar vor dem Herrn, der allein Sünde zu tilgen vermag.

Als ich mich verabschiedete, sagte der Pfarrer zu mir: „Im Evangelium sagt Jesus an einer Stelle: Sündige hinfort nicht mehr, damit dir nicht etwas Ärgeres widerfahre. Nun geh mit Gott, lieber Rainer. Kommt ihr morgen zum Gottesdienst?"
„Auf jeden Fall", versprach ich ihm.
Er legte seinen Arm um meine Schulter: „Rainer, Rainer, was machst du für Geschichten?"
Was sollte ich darauf antworten?
Der Pfarrer fing wieder an: „Weißt du, im Grunde genommen: Ich bin auch nicht besser als du."
So ehrlich ist unser Pfarrer, sagte ich mir.
„Überall lauert die Versuchung. Wir bleiben angewiesen auf Gottes Gnade. Nur das Eine zählt. Laß es damit genug sein."
Als ich das Pfarrhaus verließ, standen die Sterne am Himmel. Sie leuchteten in einsamer Höhe.
Sind es nicht lauter kostbare Schmuckstücke? dachte ich. Und wir alle werden damit beschenkt. Auch das Mädchen. Und der Bursche auch. Wenn man es ihnen nur begreiflich machen könnte! Aber das ist ein weiter Weg. Gehen kann ihn nur, wer sich von Jesus Christus geführt weiß.
Ohne Worte konnte ich plötzlich für diese beiden Menschen beten. Eine tiefe Stille umgab mich.

Die Bekanntschaft

Es war zu der Zeit, als ich immer häufiger nach Leipzig fuhr, um von den Problemen, die mich innerlich bedrängten und zu quälenden Depressionen führten, loszukommen.
Ich besuchte Ausstellungen, stöberte in sämtlichen Buchhandlungen der Innenstadt und kaufte eine Unmenge von Büchern, ging ins Kino, saß in der Thomaskirche und versuchte zu beten.
Es war wie ein ermüdender Kreislauf, der mir doch keine echte Befreiung brachte.
Eines Tages hatte ich ein besonderes Erlebnis. In einer Selbstbedienungsgaststätte gegenüber dem Burgkeller verzehrte ich ein warmes Mittagessen. Lange, schmale Holztische waren von festgeschraubten Plastesitzen umgeben.
Da sah ich die Frau. Sie saß mir gegenüber. Nicht mehr ganz jung und eigentlich auch nicht gerade hübsch, faszinierte sie mich sofort. Sie hatte blonde Haare, ein rundes Gesicht und trug ein ärmelloses blaues Kleid.
Es war Sommer. Vor ihr stand eine Tasse Kaffee, die sie in kleinen Schlucken zum Munde führte.
„Ein heißer Tag heute“, begann ich das Gespräch.
Sie lächelte mich an.
„Finden Sie den Sommer schön?“ fragte ich.
„Eigentlich nicht. Ich bin mehr für den Herbst, wenn die bunten Blätter von den Bäumen fallen.“ Ihre Stimme klang angenehm. Jetzt führte sie das Gespräch weiter.
„Sind Sie von Leipzig?“
„Nein, ich wohne auswärts. Bin nur heute hier.“ Ich fügte hinzu, ganz einfach, um etwas zu sagen: „Leipzig gefällt mir. Eine interessante Stadt.“
„Ja“, erwiderte sie. „Das kann man wohl sagen.“
Sie ging zum Angriff über: „Sind Sie allein?“
„Nein“, sagte ich. „Ich habe noch eine alte Mutter.“ Daß ich verheiratet war, verschwieg ich zunächst.
Sie sagte: „Könnte ich Ihnen nicht helfen, Ihre Mutter zu pflegen?“

„O nein, das ist nicht nötig. Ich schaffe das schon."
Allmählich begriff ich, daß sie eine Bleibe suchte. Was sollte ich tun? Aufstehen - bezahlt hatte ich bereits - gehen? Ich blieb sitzen.
„Sie gefallen mir", sagte die Frau.
Oh, dachte ich, das ist ziemlich massiv. Trotzdem vermied ich zu antworten: Sie mir auch.
„Ich bin viel allein", gestand ich.
„Sie sollten sich Gesellschaft suchen", spornte sie mich an.
Jetzt, dachte ich, jetzt ist es Zeit, die Karten auf den Tisch zu legen.
„Wissen Sie", gestand ich, „ich bin verheiratet."
„So? Und wo ist Ihre Frau?"
„Zu Hause. Wir haben ein Hausgrundstück, und da gibt es immer zu tun. Meine Frau betreut auch meine Mutter."
„Sie lieben Ihre Frau?" wollte sie wissen.
„Ja, das kann man wohl sagen."
Was erzählst du dieser Frau, dachte ich in meinem Innern. Sprich zu ihr von deinem Glauben, das ist das Beste, um die Spannung zu lösen.
„Was halten Sie von der Kirche?" begann ich.
„Oh", sie war erstaunt. „Ich sehe mir gern schöne Kirchen an."
Ich erzählte: „Vorhin war ich in der Thomaskirche. Ich halte dort immer eine stille Andacht."
„Wie interessant!" sagte sie.
„Ja, wissen Sie, ich kann ohne meinen christlichen Glauben nicht leben. Ich bin nicht gesund."
„Das Herz?" fragte sie.
„Nein, eine psychische Erkrankung. Ich fahre nach Leipzig, um mich abzulenken. Manchmal gelingt es."
Eine kurze Pause trat ein.
Ich sagte: „Um ein Uhr beginnt im Capitol der nächste Film. Er soll gut sein. Ein Märchen aus Tausendundeiner Nacht. Dürfte ich Sie einladen?"
Sie lächelte. „Gern."

Wir saßen nebeneinander im Zuschauerraum. Sie schob ihren linken Fuß an meinen rechten. Aber ich vermied, sie mit den Händen zu berühren.
Der Film erzählte eine phantastische Geschichte. Ein junger Prinz war in einen Menschenaffen verwandelt worden. Er hockte in einem Käfig. Am Ende des Films wurde der Prinz durch den griechischen Gott Apollo von seiner Verzauberung erlöst. Farbenprächtige Aufnahmen zeigten gigantische Landschaften und orientalisch bunte Gewänder. Viel Schmuck, viel Zauberei. Anschließend saß ich mit der Frau in einem Café.
„Lieben Sie Märchen?“ fragte ich.
„Oh ja. Der Film hat mir gefallen.“
„Ich habe selbst einiges geschrieben“, sagte ich. „Nur eben keine Märchen.“
„Was dann?“ wollte sie wissen.
„Gedichte und Kurzgeschichten.“
Dann sah ich sie lange an.
„Bitte“, begann ich, „ich muß Ihnen jetzt etwas sagen. Sie dürfen sich keinen Hoffnungen hingeben.“
Sie blickte vor sich hin. Ich ergänzte: „Ich habe eine Frau.“
„Sind Sie glücklich?“ Was sollte diese Frage?
„Ich glaube“, begann ich, „so darf man die Sache nicht sehen. Eine Ehe ist eine Aufgabe. Auch dann, wenn die Flitterwochen vorüber sind. Glücklich, wer kann das schon von sich sagen? Es hängt auch mit meiner Krankheit zusammen. Nein, glücklich im eigentlichen Sinne bin ich nicht, das haben Sie wohl richtig gespürt. Aber ich liebe meine Frau, das kann ich ehrlichen Herzens zugeben. Wir beide gehören zusammen.“
„Haben Sie Kinder?“
„Nein.“
„Bekommt Ihre Frau keine Kinder?“
Da gestand ich: „Es liegt an mir. Aber bitte fragen Sie nicht weiter.“
Wir gingen zusammen zum Bus.
„Haben Sie eine Bleibe für die Nacht?“ fragte ich sie.

„Ja. Ich habe in Connewitz eine kleine Wohnung. Sie wurde mir nach der Scheidung zugewiesen. Mein Mann hat mich mit einer anderen betrogen."
Jetzt war ihr Gesicht plötzlich ganz grau. Sie mußte viel gelitten haben. In mir regte sich ein Mitgefühl.
„Haben Sie schon einmal versucht zu beten?" fragte ich sie.
„Ja, manchmal bete ich auch. Aber sehr selten. Immer, wenn ich in eine Kirche gehe, umfängt es mich zunächst einmal ganz kalt, dann aber verspüre ich so etwas wie eine Zuwendung."
„Sie sollten um inneren Frieden bitten."
Sie schwieg. Dann verabschiedeten wir uns.
„Es war ein schöner Nachmittag", sagte sie.
Ich erwiderte: „Bitte, nehmen Sie an, was ich Ihnen gesagt habe. Ich kann Ihnen leider nichts sein."
Wir wünschten uns gegenseitig alles Gute. Sie entfernte sich. Ich beobachtete, wie ihre Gestalt im Straßengewühl immer kleiner und kleiner wurde, bis sie schließlich ganz verschwand. Als ich im Bus saß, dachte ich: Das ist doch unmöglich. Das ist doch unmöglich, was du machst. Erst nach geraumer Zeit vermochte ich ruhig zu werden.

Trennungsschmerz

Dieser Tag begann wie jeder andere.
Es war der 23. Oktober 1968, ein Mittwoch.
Früh um sechs klingelte der Wecker. Erika stand auf, kleidete sich an und holte den Jungen aus dem Bett. Ich folgte ihr nach einigen Minuten.
Unser Schlafzimmer war eine ausgebaute Mansarde auf dem Boden. Die Dachseite war schräg, das Fenster in einen Zwischenraum eingelassen. Die Ehebetten standen nebeneinander, links daneben das Kinderbett. Vorn zwei schmale Wäscheschränke.
Thomas, unser Pflegekind, war seit einundeinemhalben Jahr bei uns. Wir hatten ihn aus einem Kinderheim des „Friedenshort" abgeholt. Der „Friedenshort" war ein Werk der Inneren Mission, im neunzehnten Jahrhundert von Eva von Tiele-Winckler gegründet. Thomas war kein Waisenkind, er hatte noch Eltern, aber sie kümmerten sich nicht um den Jungen.
Nach der Morgentoilette frühstückten wir in unserer kleinen, schmalen Küche. Sie war eigentlich ein Abstellraum. Wir hatten keine eigene Wohnung. In der Wohnung meiner Eltern hatten wir ein schönes, großes Wohnzimmer, dort hielten wir uns auf; den Abstellraum ohne Wasserleitung nutzten wir als Küche. Auf einem Propangasherd kochte Erika unser Mittagessen. Und das Schlafzimmer auf dem Dachboden.
Ich las zwei Bibelverse aus dem Herrnhuter Losungsbüchlein. Dazu einen Liedvers von Johann Joseph Winckler, einem Kirchenliederdichter, der im Jahre 1670 in Lucka geboren war.

> Ach, stärke mich doch, Herr, mein Retter,
> damit durch alle Trübsalswetter
> mein Zeugnis fest und freudig sei!
> Ich hab's gewagt! Gott steh mir bei.

Dann machten wir, Thomas und ich, uns auf den Weg. Ich zu meiner Arbeitsstelle, Thomas ging in den Kindergarten. Ich gab Erika einen Kuß. Bei dieser Gelegenheit sah ich meine Frau zum letzten Mal in diesem Leben.

Auf dem Weg in den Kindergarten begegneten wir einer Frau, die der katholischen Kirche angehörte. Sie trug eine Sammelbüchse bei sich und sprach mich wegen einer Spende an. Ich entnahm meiner Geldbörse ein Markstück und gab es Thomas, der es mit sichtlichem Vergnügen in die Büchse steckte. Die Frau bedankte sich und wir gingen weiter.
Thomas wandte sich mir zu.
„Vati, für was ist das Geld in der Sammelbüchse?"
Ja, was sollte ich einem Fünfjährigen darauf antworten? Ich besann mich und wagte folgende Erklärung: „Thomas, du weißt doch, daß du einmal im Kinderheim warst. Für solche Heime wird hier gesammelt."
Ob diese Antwort pädagogisch klug war, will ich dahingestellt sein lassen. Die nächste Zeit zeigte aber schon, wie aktuell sie war.
Im Kindergarten angekommen, gab ich den Jungen ab. Er besuchte diese Tagesstätte erst seit sechs Wochen. Da meine Frau Heimarbeiterin war, stand uns eigentlich kein Kindergartenplatz zu. Aber da wir mit dem angenommenen Kind Erziehungsschwierigkeiten hatten, war uns von der Abteilung Jugendhilfe beim Rat der Stadt ein Platz zugewiesen worden.
Der Vormittag verlief wie gewohnt. Seit drei Jahren war ich bei der Evangelischen Kirchgemeinde als Bürokraft angestellt. An den Vormittagen arbeitete ich in dem kleinen Pfarramtsbüro, das an den Nachmittagen als Unterrichtsraum für die Christenlehre diente. Demzufolge stand ein kleiner Schreibtisch in der Mitte, der leicht zur Seite geschoben werden konnte, und vier Reihen Stühle. Es kamen nur wenige Kinder zur Christenlehre.
Ich erledigte meine Abrechnungen. Neben mir stand der junge Vikar, der die Nachbargemeinde betreute. Er war groß und etwas schlaksig in seinen Bewegungen. In der Hand hielt er eine Bibel, die er vom Büchertisch genommen hatte.
Der Büchertisch war mein Gebiet. Da zu damaliger Zeit in der DDR der Volksbuchhandel keine christliche Literatur vertrieb, waren die wenigen christlichen Buchhandlungen auf Büchertische in den Kirchgemeinden umgestiegen.

„Ob ich die Traubibel noch abgeben kann? Die Trauung war schon am vergangenem Sonnabend, aber ich hatte keine Bibel zur Hand.“

In diesem Moment kam die Frau des Oberpfarrers ins Zimmer und sagte: „Reinhard, Sie möchten sofort nach Hause kommen. Ihre Frau ist sehr krank. Gehen Sie aber vorher zu Dr. Möller, er hat mich angerufen.“

Ich erschrak. Was hatte das zu bedeuten? Rasch räumte ich meine Sachen zusammen und ging.

Auf der Straße holte mich der Vikar ein, der alles mitangehört hatte. „Ob ich jetzt Ihre kranke Mutter besuchen kann?“

Meine dreiundsiebzigjährige Mutter war einen Tag zuvor aus dem Kreiskrankenhaus entlassen worden.

Ich war etwas ungehalten. „Nein, bitte nicht jetzt. Ich muß erst einmal sehen, was bei uns los ist.“

In der Praxis des Arztes wies mich die Sprechstundenhilfe mit todernstem Gesicht ins Sprechzimmer. Im Vorraum saß mein Vater, er war kreidebleich im Gesicht. Was hatte das alles zu bedeuten? Im selben Moment trat Dr. Möller auf mich zu.

„Herr Höhne, soeben ist Ihre Frau gestorben.“

Ich weiß noch heute, daß ich nicht für den Bruchteil einer Sekunde an der Aussage des Arztes zweifelte. Ein rasender Schmerz überfiel mich.

„Meine Erika, meine gute Erika!“

„Ja, es ist furchtbar“, bestätigte mir der Arzt. „Wahrscheinlich ein Tumor im Gehirn. Wir müssen eine Obduktion vornehmen lassen. Würden Sie bitte Ihre Einwilligung geben?“

Ich unterschrieb ein Formular.

Dann rannte ich zum Postamt. Der junge Postbeamte war mir gut bekannt. „Lothar, kannst du mir die Nummer vom Pfarramt geben? Ich muß anrufen, Lothar, meine Frau ist gestorben.“

Er starrte mich fassungslos an. Dann wählte er und übergab mir den Hörer. Die Pfarrfrau war am Apparat.

„Frau Peukert, es ist etwas Entsetzliches passiert. Meine Frau ist gestorben.“

„Ja, Reinhard, ich weiß es. Der Arzt hat es mir gesagt. Aber ich konnte es Ihnen nicht sagen."
Wie dankbar war ich dieser Frau! Ich brauchte ganz einfach diese kurze Zeit, um nicht ganz unvorbereitet zu sein.
Jetzt rannte ich nach Hause. Im Wohnzimmer meiner Eltern saß meine Mutter im Lehnstuhl und weinte. Vor ihr, auf dem Teppich, lag meine Frau. Tot.
Noch nie vorher war ich derartig mit der Wirklichkeit des Todes konfrontiert worden. Meine Großeltern waren gestorben, beide über achtzig, alt und lebenssatt. Die Eltern meiner Mutter hatte ich nie gekannt. Bekannte waren gestorben, Menschen, die mir persönlich nahestanden, die mir etwas bedeuteten, ich selbst wollte in meiner Jugend in einem furchtbaren Zustand von Depression zweimal aus dem Leben scheiden - aber dieser Todesfall meiner über alles geliebten Frau überstieg alles Bisherige. Ich war völlig erschlagen. Langsam konnte ich mich fassen. Meine Mutter, vom Schmerz ebenso erschüttert wie ich, berichtete stockend, was geschehen war.
Die Mutter war aufgestanden, noch schwach von der überstandenen Gallenerkrankung. Sie hatte sich nach dem Frühstück auf das Sofa gelegt. Erika kam zu ihr ins Zimmer und die beiden plauderten miteinander. Dann war Erika in die Küche gegangen. Plötzlich hörte meine Mutter, wie Erika jammerte. Sie stürzte ins Zimmer und schrie: „Mein Kopf, mein armer Kopf!" Die Mutter stand hastig auf und sagte: „Komm, meine Erika, lege dich aufs Sofa." Das geschah, aber schon nach wenigen Minuten glitt Erika vom Sofa auf den Teppich. Zutiefst erschrocken rannte die Mutter, so rasch sie konnte, ins gegenüberliegende Lebensmittelgeschäft und bat die Verkäuferin: „Bitte, rufen Sie den Arzt an, meine Schwiegertochter hat einen Herzanfall!" Eine Nachbarin, die mit im Laden war, sagte: „Frau Höhne, wenn etwas aus der Apotheke gebraucht wird, unser Opa fährt mit dem Moped hin." Der Arzt kam, kniete sich neben meine Frau auf den Fußboden und konnte nur noch feststellen: Es ist vorbei.

Nun galt es, die nächsten Schritte zu überlegen. Der Todesfall mußte auf dem Standesamt gemeldet und das Begräbnis vorbereitet werden. Zusammen mit meinem Vater erledigte ich vieles.
Am Nachmittag holte ich den Jungen aus dem Kindergarten ab. Wie sollte ich dem Kind begreiflich machen, was geschehen war? Thomas hätte erwartet, daß seine Mutti käme und verschloß sein Gesicht mir gegenüber.
Zu Hause angekommen, fragte er mich, wo seine Mutti wäre. Ich sagte vorläufig nur: im Krankenhaus. Das stimmte auch in gewisser Beziehung, denn im Krankenhaus wurde die Obduktion durchgeführt. Thomas gab sich mit dieser Auskunft zufrieden, wußte er doch, daß wir vor kurzem die Oma dort besucht hatten.
Am Abend brachte ich ihn zu Bett. Wieder fragte er nach Erika.
„Vati, wann kommt die Mutti wieder?"
„Ach, Thomas, vielleicht gar nicht."
„Vati, sie kommt vielleicht gar nicht wieder?"
„So wird es sein, Thomas, gute Nacht."
„Gute Nacht, Vati."
Und damit gab sich der Junge zufrieden. Er schlief neben mir, ich hörte seine leichten Atemzüge, denn ich lag die ganze Nacht schlaflos. Mir teilte sich eine unheimliche Ruhe mit, ein Friede wie aus großer Dunkelheit, aber ich empfand keine Schmerzen.
Am nächsten Tag riefen meine Schwiegereltern im Pfarramt an und gaben eine Kranzbestellung durch. Ich ließ Traueranzeigen drucken und verschickte sie. Der Tag war so ausgefüllt, ich konnte kaum etwas essen.
Mein Schwiegervater war Prediger der Landeskirchlichen Gemeinschaft. Er übernahm es, in meiner Gegenwart mit Thomas zu sprechen. Thomas fragte am nächsten Tag schon nicht mehr nach Erika.
Wir saßen im Wohnzimmer, Thomas spielte mit seiner Eisenbahn.
„Thomas, komm einmal her", begann Vater.
Der Junge blickte von einem zum anderen.

„Thomas, du weißt doch, daß deine Mutti nicht mehr da ist. Sie ist im Himmel bei unserem Heiland."
Thomas erinnerte sich an eine biblische Geschichte.
„Da nehme ich die Himmelsleiter und hole sie wieder herunter."
„Das geht leider nicht. Thomas, deine Mutti ist gestorben."
Da begriff es der Junge und weinte bitterlich. Es waren die einzigen Tränen, die der Junge um seine Mutter vergoß, er hat später nie mehr nach ihr gefragt.
Auf meiner Brust bildete sich ein Eisklumpen. Aber weinen konnte ich nicht. So blieb mein Schmerz in mir bestehen. Erst nach einem Vierteljahr wich die furchtbare Bedrückung.
An die Beerdigung am kommenden Sonntag kann ich mich nur noch dunkel erinnern. Eine große Trauergemeinde hatte sich versammelt. Die Einwohner unserer Kleinstadt waren tief erschüttert über den plötzlichen Tod meiner Frau und erwiesen ihr die letzte Ehre.
Es gibt ein Lied, das beginnt mit den Worten: Rasch tritt der Tod den Menschen an. Vor längerer Zeit hatte ich es im Radio gehört.
Erika war einunddreißig Jahre alt, als sie starb. Vor sieben Wochen hatten wir ihren letzten Geburtstag gefeiert. Vor drei Wochen waren wir in Görlitz, wo ihre Eltern wohnten. Wir standen am Grab ihrer Freundin, die mit neunzehn Jahren gestorben war.
Und nun sie selbst?
Unfaßbar, daß dies alles das letzte Mal gewesen sein sollte ...
Du bist in deiner Wohnung. Im Schlafzimmer stehst du und wartest ... Irgendwann müßte doch die Tür aufgehen, und Erika müßte hereinkommen, wie immer, wie gewohnt ... Du freust dich über sie. Über ihr Gesicht, ihren Körper. Du freust dich über ihren Gang. Du blickst in ihre Augen und sprichst Worte, die für euch beide bestimmt sind ...

Vergangenheit. Absolute Vergangenheit. Sie kommt nicht mehr. Sie ist nur noch eine Erinnerung, mehr nicht. Der Tod setzt unwiderruflich ein und trennt, was zusammen gehörte, für immer ...

In diesen schweren Tagen, nach der Beerdigung, legte ich mir öfters die Schallplatte mit den Liedern nach Texten von Heinrich Heine, komponiert von Franz Schubert, auf.

> Ich stand in dunklen Träumen
> Und starrte ihr Bildnis an,
> Und das geliebte Antlitz
> Heimlich zu leben begann.
>
> Um ihre Lippen zog sich
> Ein Lächeln wunderbar,
> Und wie von Wehmutstränen
> Erglänzte ihr Augenpaar.
>
> Auch meine Tränen flossen
> Mir von den Wangen herab -
> Und ach, ich kann es nicht glauben,
> Daß ich dich verloren hab'.

Ein andernmal griff ich nach den Gedichten von Johannes R. Becher und fand folgende Zeilen im Sonett „Orpheus“:

> Die Unterwelt durchzog er ohne Bangen,
> Um sie, die Vielgeliebte, zu befrein.
> Die Todesgötter hielten sie umfangen.
> Sie aber sprach zu ihm: Gedenke mein ...

Vor allem aber fand ich Trost und Halt im Gebet.

> Der Herr hat's gegeben,
> der Herr hat's genommen,
> der Name des Herrn sei gelobt.
> (Hiob 1, 21 b)

Es folgten noch zwei Wochen, in denen ich mit Thomas allein war. In dieser Zeit sind wir uns nahegekommen wie kaum jemals vorher. Wenn wir gemeinsam spazierengingen, beantwortete ich dem Jungen alle Fragen, die er mir stellte. Und Thomas war wißbegierig ... Seine hohe Kinderstirn verriet einen wachen Geist.
Aber der Junge war noch zu klein, er brauchte eine Mutter. Sie konnte ich ihm nicht ersetzen. Aus diesem Grunde brachte ich Thomas zurück ins Kinderheim.

Die Heilung

Der Pastor der Evangelischen Pfingstgemeinde Johannes Facius, ein Mann von dreiundfünfzig Jahren, wachte an jenem Freitagmorgen, dem 24. Februar 1989, früh, kurz vor fünf Uhr, in seiner Gastwohnung in Gothenburg auf. Er fühlte sich seltsam erleichtert.

Pastor Facius war ein kranker Mann. Einen Tag vorher hatte er seine Kündigung geschrieben und seine sieben Ämter in der Internationalen Christlichen Bewegung aufgegeben. Er war am Ende seiner Kraft.

Johannes Facius war mittelgroß, durch die seit drei Jahren seinen Körper und Geist durchpflügende Krankheit sichtlich abgemagert, blond, mit ovalem Gesicht, das offen und vertrauenerweckend wirkte, jetzt aber von zwei senkrechten Kummerfalten, die von der Nasenwurzel zum Mund verliefen, durchzogen wurde. Er sah abgezehrt aus. Trotzdem verklärte an jenem Morgen eine friedliche Gelassenheit seine Gesichtszüge.

Ein heißer Strom durchflutete sein Inneres. In den nächsten zehn Minuten zog sein ganzes bisheriges Leben, aber vor allem die letzten Jahre, im Geist an ihm vorüber, und er erkannte Ursachen und Zusammenhänge, die ihm bisher verborgen geblieben waren. Johannes war ganz ruhig, jede Aufregung und Ungewißheit war von ihm abgefallen. Er wusch sich und putzte die Zähne, dann kleidete er sich an. Dazu wählte er seinen besten Anzug aus, den er auf die Reise mitgenommen hatte, einen eleganten graugestreiften Zweireiher, ein bläulich getöntes Oberhemd und eine dunkelbraune Krawatte mit weißen Punkten.

Pastor Facius stieg die Treppe hinab. Seine Gastgeber, Dr. Sven Reichmann und seine Frau Marianne, saßen am Frühstückstisch.

Dr. Reichmann, etwa fünfunddreißig Jahre alt, war ein anerkannter Radiologe. Seine Frau arbeitete bei der Stadtverwaltung. Kinder hatten sie nicht.

Sven Reichmann blickte den Pastor an und sagte: „Johannes, mit dir ist etwas geschehen."
„Ja, Sven, der Herr ist mir begegnet."
„Gestern hast du deine Lasten abgelegt."
„Und heute hat mich Jesus Christus geheilt."
„Wirklich?" schaltete sich Marianne ins Gespräch ein.
„Ja, Gott sei Lob und Dank!"
Und plötzlich begann Johannes zu lachen, wie kaum jemals vorher in den dunklen Jahren; Sven und Marianne stimmten in das Lachen ein; es war ein Gelächter, glücklich und befreiend, wie ein Sturzbach, der Geröll von Traurigkeit und Verzweiflung einfach hinwegschwemmte.
Dann sagte Sven: „Nun kannst du auch über alles sprechen. Bestimmt hast du viel zu erzählen. Komm, stärke dich, der Kaffee ist noch heiß. Dann muß Marianne erst einmal zur Arbeit."
Nach einer Viertelstunde saßen sich beide Männer im Behandlungszimmer des Arztes gegenüber. Nachdem sie die Tageslosung gelesen hatten, begannen sie das Gespräch.
„Ihr wart so freundlich", sagte Johannes, „mich in euer Heim aufzunehmen. Vor zwei Wochen reiste ich von Kopenhagen nach Schweden."
„Ich wußte sofort", unterbrach ihn der Arzt, „deine zahlreichen Verpflichtungen, es war einfach zuviel. Was du in erster Linie brauchtest, war nicht nur Seelsorge und Psychotherapie, sondern Entspannung. Ich denke doch, du hast sie hier gefunden - weitab vom Schuß."
„Gewiß", bestätigte der Pastor. „Aber nun laß dir erst einmal von Moskau erzählen."
„Von Moskau?"
„Ja. Dort war ich mit einigen Freunden und Mitarbeitern vom Gebetskreis über die Jahreswende 1985/86."
„Interessant. Erzähle!"
„Kurz nach den Weihnachtsfeiertagen starteten wir unsere Reise. Im Hotel 'Rossija' wurden wir einquartiert. Unser Anliegen war, dafür zu beten, daß die Juden in der Sowjetunion nach

Israel ausreisen konnten. Unter den bisherigen Machthabern im Kreml war das so gut wie unmöglich. Aber seit Gorbatschow im Amt war, bestand eine gewisse Hoffnung."
„Eine politische Einflußmöglichkeit bestand für euch nicht?" fragte der Arzt.
„Nein. Das war auch nicht unser Ziel. Wir gebrauchten lediglich die geistlichen Waffen des Glaubens."
„Ich möchte sagen, keine leichte Aufgabe. Wie seid ihr im einzelnen vorgegangen?"
„Wir beteten an der Kremlmauer und in der Basilius-Kathedrale. Im Hotel versammelten wir uns an jedem Morgen. Zum Glück waren verschiedene internationale Delegationen anwesend, so daß unsere Zusammenkünfte nicht weiter auffielen."
„Wart ihr auch im Lenin-Mausoleum?"
„Das war unser Schwerpunkt. Wir gingen zum Roten Platz und reihten uns in die Schlange der Wartenden ein, bis wir vor dem Sarkophag standen. Hier flüsterten wir einen Fluch."
„Einen Fluch?"
„Ja. So war es uns klargeworden in Anlehnung an das Evangelium vom unfruchtbaren Feigenbaum."
„Den Jesus verfluchte?"
„Ja. Dasselbe taten wir."
Beide schwiegen für einige Augenblicke.
Dann fragte der Arzt: „Und was geschah weiter?"
„Am nächsten Tag konnte ich nicht aufstehen. Ich hatte Fieber und war wie gelähmt. Es wurde im Laufe des Tages besser, aber ich habe mich seit dieser Zeit nie wieder richtig erholt."
Der Arzt blickte dem Pfarrer tief in die Augen.
„Johannes, bist du der Meinung, daß euer Verhalten im Mausoleum ein Fehler war?"
„Nicht direkt. Aber um so etwas zu unternehmen, muß man innerlich gewappnet sein. Und daran fehlte es bei mir. In den Wochen und Monaten vorher war ich sehr gestreßt. Die Aufgaben nahmen überhand, so daß ich kaum zur Ruhe kam. Sogar mein Familienleben hat darunter gelitten."

Das Telefon schrillte. Sven wurde ins Krankenhaus gerufen. Er legte den Hörer auf und sagte: „Wir haben noch etwas Zeit. - Was geschah nach der Sowjetunion?"
„Wir reisten nach Südafrika."
„Südafrika. Das bedeutet: Ein neues, schwerwiegendes Problem - die Apartheid."
„Ja, ich bekam es zu spüren. Überall Spannungen, ich wurde einen Druck auf der Brust nicht mehr los."
„Deine Herzrhythmusstörungen."
„Am liebsten wäre ich sofort nach Hause gefahren. Aber ich hatte verschiedene Predigtdienste übernommen. Wahrscheinlich habe ich auch das Klima nicht vertragen." Johannes seufzte. „Und dann hatten wir eine Propheten-Konferenz."
„Eine was?"
„Ja, du hast richtig gehört. In Jerusalem."
„Na, der Nahe Osten ist ja auch nicht gerade eine Zone des Friedens."
„Das Schlimme war, daß im Leitungsgremium, dem ich angehörte, keine Einigkeit zu erzielen war."
„Aber konntest du denn nicht ausscheiden?"
„Das wäre wohl das Vernünftigste gewesen. Aber so weit war ich erst gestern."
„Du bist also nach Israel gefahren?"
„Ja. Aufs Ganze gesehen, möchte ich sagen: Es war eine gute Sache. Vor allem deshalb, weil wir in die Stille geführt wurden. Endlich kam ich einmal zur Ruhe. Aber die Depressionen hatten schon von mir Besitz ergriffen. Eine dunkle, schwere Zeit stand mir bevor, und sie dauert nun über drei Jahre an. Es war so schlimm, als wolle die Verzweiflung meinen Glauben besiegen. Es ging bis zum Rande des Abgrunds. Ja, ich gebe es ehrlich zu, ich wollte meinem Leben ein Ende bereiten. Aber Gottes Hand hat mich gehalten. Verstehst du, Sven, ich bin bewahrt worden."
Der Arzt war aufgestanden.
„Johannes, ich danke dir. Dafür, daß du so ehrlich bist. Seine

Fehler eingestehen heißt schon, sie zu überwinden. Und ich sage dir als dein Arzt, du hast - mit Gottes Hilfe - den toten Punkt überwunden. Ich glaube ganz einfach daran, daß du zurechtkommst."

„Der Dank ist auf meiner Seite, Sven. Du und Marianne - ihr wart für mich die barmherzigen Samariter. Denn in eurem Hause bin ich geheilt worden."

*

Nach einigen Jahren schrieb Johannes Facius über seine Erlebnisse ein Buch. Darin stehen folgende Sätze:

„Licht, Freiheit, Freude und Frieden strömten wie ein Fluß durch meine Seele. Gott war mir begegnet, als alles zu Ende und hoffnungslos war. Er hatte mich aus dem Grab erweckt und mir ein völlig neues Leben gegeben. Ich kann nicht beschreiben, wie meine Gefühle aussahen, das Wunder, wieder gesund, heil und ganz zu sein! Und ich werde es auch nie beschreiben können."

Des Wegs Beginn

Als der Mann in das Krankenhaus eingeliefert wurde, zeigte die Normaluhr im Gang 23.05 Uhr. Der Polizist hatte ihn um die Schulter gefaßt und führte ihn. Die Nachtschwester brachte einen Stuhl, und der Mann setzte sich. Er war sehr müde und wirkte erschöpft, sein Kopf sank vornüber.
Der diensthabende Arzt stellte sich hinter ihn und sah den Polizisten an. Dieser erklärte: „Scheint alles in Ordnung zu sein. Er hat Papiere bei sich und sagte, er sei obdachlos. Weil er auf dem Bahnhof zusammengebrochen ist, haben wir ihn mit dem Streifenwagen hierher gebracht."
Wie ein Gammler sieht er nicht aus, dachte der Arzt. Er sah sich den Mann genauer an.
Er war etwa fünfundvierzig, also in den mittleren Jahren. Dunkles, schütteres Haar, ausrasierter Backenbart, ovales Gesicht, blaß, dunkle Ringe um die Augen. Schien übernächtigt zu sein. Die Kleidung war ordentlich. Braune Jacke, helle Hose, eine modisch neutrale Kombination. Ein längsgestreiftes Oberhemd.
„Gut", wandte sich der Arzt an den Polizisten, „ich weise ihn ein. - Nun zu Ihnen, Herr..."
„Fichtner. Joachim Fichtner."
Der Patient griff in die Brusttasche und zeigte seinen Ausweis.
„Angenehm. Doktor Hertel", stellte sich der Arzt vor. Sie gingen ins Behandlungszimmer.
Und dann erzählte Joachim Fichtner seine Geschichte. Die letzten fünf Tage und was vorher geschehen war. Alles vollzog sich noch einmal vor seinem inneren Auge.

*

Vor zwei Jahren hatte Fichtner diese Frau Irmgard Schmoldt kennengelernt. Es war durch eine Annonce in der Regionalzeitung, die jeden Mittwoch kostenlos verteilt wurde, geschehen.
Ein halbes Jahr vorher war Fichtners Mutter gestorben. Ihr

Mann war im Krieg geblieben und galt als vermißt. Bis zuletzt hatte seine Frau auf ihn gewartet. Joachim, der einzige Sohn, hatte nicht geheiratet und war bei der Mutter geblieben.
In der Anzeige stand, eine Mittvierzigerin, noch gutaussehend und in gehobener Stellung, suche einen Lebensgefährten mit Sinn für Kultur und Häuslichkeit. Die Annonce war unscheinbar, man konnte alles oder nichts herauslesen.
Joachim hatte geschrieben. Nach zwei Wochen erhielt er das Angebot, sich an einem neutralen Ort kennenzulernen. Vorgeschlagen wurde der Ratskeller, an einem Sonnabend gegen sechzehn Uhr. Fichtner bestellte einen Tisch. Als er hinkam, war die Frau schon da. Sie erwartete ihn am Eingang.
Joachim Fichtner hatte wenig Erfahrung im Umgang mit Frauen, aber als man sich zwei Stunden lang gehörig ausgetauscht hatte, bei Kaffee und Kuchen und einer Flasche Weißwein, schied man in gutem Einvernehmen voneinander.
Nun traf man sich öfters, und nach nur sechs Wochen gab Fichtner seine Wohnung auf und zog zu der Frau.
Vielleicht war es etwas zu früh. Irmgard Schmoldt war schon zweimal verheiratet gewesen und jedesmal geschieden, eine Tochter lebte bei ihrem ersten Mann. Das hätte Fichtner hellhörig machen müssen, aber er war einfach zu unerfahren, und so tappte er in sein Verhängnis.
Anfangs ging alles gut. Irmgard zeigte sich von ihrer besten Seite, sie verwöhnte ihn gewissermaßen. Ihre Wohnung war geschmackvoll eingerichtet. Im Wohnzimmer eine dunkle Anbauwand mit Kristall und Porzellan, Vasen, Dosen und Service, Zinngeschirr, einige wenige, aber erlesene Bücher. In der Ecke stand der Farbfernseher, an der gegenüberliegenden Wand eine Couchgarnitur. In der Küche Elektroherd und Kühlschrank. Im Schlafzimmer Ehebetten.
Alles war vorhanden, er brauchte nur einzuziehen. Die alten Möbel seiner Eltern verhökerte sie gewinnbringend, alles andere flog in den Container. Fichtner brachte nur seine Sachen und ein Kofferradio.

Die Verstimmung begann, als er ohne ihr Wissen einen neuen Anzug kaufte. Er wollte sie überraschen, aber sie war verärgert und erklärte ihm, alle Anschaffungen seien mit ihr zu besprechen und überhaupt, was er sich da habe andrehen lassen, einfach unmöglich. Joachim reagierte empfindlich, ihm gefiel der zweireihige Anzug, dunkelblau mit schwachen weißen Streifen.
Dann sagte sie, sie plane mit ihm eine Urlaubsreise nach Italien. Das war nun wieder ihm nicht recht, und er fragte, ob nicht auch die Sächsische Schweiz genügen würde. Da kam er aber schön an, Sächsische Schweiz, da könne man ja gleich zu Hause bleiben, und dann sagte sie: „Bist du dir eigentlich darüber im klaren, daß du mit mir zusammenlebst? Deine kleinbürgerlichen, kleinkarierten Allüren werde ich dir schon noch austreiben!"
Da entschied er sich in seinem Innern, so zu bleiben, wie er war. Und er spielte als Trumpf aus: „Jedenfalls bringst du mich nicht nach Italien." Damit verließ er die Wohnung für zwei Stunden und besuchte eine Gaststätte. Als er zurückkam, war sie nicht da. Er legte sich ins Bett. Sie aber schlief in dieser Nacht auf der Couch.
Wenn er später zurückdachte, so war nach diesem Abend keine völlige Harmonie mehr möglich gewesen. Sie bestimmte, war anspruchsvoll und anmaßend, er vergrub sich in seiner Seele, und mitunter bot er ihr die Stirn.
Es war eine schreckliche Zeit, sie lebten sich auseinander. Anfangs beharrte er zu bleiben, er hatte alles aufgegeben, aber mehr und mehr zerbröckelte diese Haltung. Das ging so weit, daß sie ihn vor fünf Tagen vor die Tür setzte.
Rausgeschmissen. Sie fragte zwar, als er eilig seine Reisetasche packte. „Wo willst du nun hin?" Fast hatte es den Anschein, als sei bei ihr noch eine zarte Spur von Liebe vorhanden. Aber er wollte nicht mehr. Es war zuviel, was sie sich gegenseitig zugefügt hatten. „Zu einem Freund, der nimmt mich vielleicht auf", antwortete er. Dann verließ er das Haus. Er war obdachlos, denn es gab keinen Freund. Jedenfalls keinen, der ihn aufgenommen hätte.

*

Als er auf die Straße hinaustrat, umfing ihn Dunkelheit. Es war Mitte November, feucht und kalt, die Straßenlampen warfen gedämpftes Licht auf die Fahrbahn. Einige Schaufenster waren schon weihnachtlich geschmückt.

Er gab sich Rechenschaft über seine Situation. Keine Bleibe, seit drei Monaten arbeitslos. Zuvor hatte er als Lagerist in einer Kammgarnspinnerei gearbeitet. Der Betrieb, mittelgroß, hatte seine Belegschaft drastisch verringert. Ihn traf es besonders hart, er war Mitte vierzig, wo sollte er eine neue geeignete Arbeitsstelle finden? Einige kaufmännische Kenntnisse, die er hatte, aber ohne jeglichen Abschluß, waren nicht gefragt. Diese Plätze waren besetzt. Eine Beschäftigung in einem Baubetrieb erschien ihm körperlich zu schwer. So blieb nur das Stempelgeld, die Arbeitslosenunterstützung.

Die Ausweglosigkeit machte ihm auch körperlich zu schaffen. Er litt an Magenbeschwerden und schlief wenig. Immer wieder legte er sich die Frage vor: Womit habe ich das verdient? Statt ihn aufzurichten, trieben Irmgards bittere Bemerkungen ihn immer tiefer in seine Trostlosigkeit hinein. Es war zum Verzweifeln.

Und nun: Das Aus. Arbeitslos, obdachlos.

Er lenkte seine Schritte zum Bahnhof. Dort war trotz vorgerückter Stunde noch reger Betrieb. Züge fuhren aus und ein, Reisende strömten durch die Halle oder warteten an den Bahnsteigen.

Er setzte sich auf eine Bank. Überlegte, ob er einen entfernten Verwandten aufsuchen solle, verwarf aber diesen Gedanken sofort. Dann schob er seine Tasche in eine Box zur Aufbewahrung, zahlte und steckte den Schlüssel ein. Am Zeitungskiosk kaufte er eine Illustrierte und setzte sich wieder auf die Bank. Er vertiefte sich in das Blatt. Prozeßberichte, Skandalgeschichten, ein sentimentaler Liebesroman, der Kurzkrimi. Er ließ die Zeitschrift sinken und schloß die Augen. Er war müde. Durch seinen Kopf geisterten unablässig Erinnerungen an die Vergangenheit.

Was hatte er falsch gemacht? Wenn nur die Mutter noch lebte. Aber das war vorbei. Resigniert stellte er fest: Das ist der Lauf der Dinge. Sie überrollen mich. Ich bin zu schwach. Tauge wohl nicht für das Leben. Schrott. Strandgut. Irgendwo angeschwemmt. Liegengeblieben.
In der Bahnhofsgaststätte verzehrte er eine Bockwurst mit Salat und trank zwei Glas Bier. Eine Frau setzte sich an seinen Tisch. Sie war wohl auf der Durchreise, dem Gepäck nach zu urteilen. Sollte er ein Gespräch anfangen? Worte verpflichteten zu nichts. Da stand die Frau auf, zahlte und ging. Vielleicht ist es besser so, bemäntelte er seine Unentschlossenheit.
Er blieb allein. Es war inzwischen Nacht geworden, der Raum leerte sich. Er bestellte Tee mit Zitrone.
Diesmal setzte sich ein junger Mann zu ihm. Kurzer Haarschnitt, Lederjacke. Er machte eine unflätige Bemerkung.
„Schuld sind die Ausländer. Alles treibt sich hier herum. Hitler hat da kurzen Prozeß gemacht. Aber jetzt? Demokratie ...
Fichtner richtete sich auf: „Ich glaube, daß nicht diejenigen die Schuld tragen, die nichts haben, sondern die andern, die zuviel haben."
„Kumpel, diskutier nicht mit mir." Alkohol- und Zigarettendunst schlugen Fichtner entgegen. „Mit mir nicht, verstehst du? Ober, zahlen."
Als die Polizeistunde näherrückte, füllte sich das Lokal. Der junge Bursche bekam wohl Verstärkung und setzte sich an einen anderen Tisch, wo einer zu lärmen begann. Grellgeschminkte Mädchen setzten sich unter die Burschen. Witze wurden erzählt. Lachen, Kreischen, Gebrüll.
Der Gaststättenleiter stand an der Theke und telefonierte. Kurze Zeit später erschien eine Polizeistreife. „Bitte, die Ausweise. Ja, auch Sie. Was tun Sie hier?"
Fichtner antwortete wahrheitsgetreu: „Ich warte."
Der Polizist verabschiedete sich. Joachim Fichtner blieb im Lokal sitzen, bis zum frühen Morgen. Trank abwechselnd Tee, Kaffee, Limonade - Bier wurde nicht mehr ausgeschenkt.

*

Als er die erste Nacht in der Bahnhofsgaststätte zubrachte, war es Montag. Aber es sollten noch fünf Tage vergehen, ehe er Aufnahme im Krankenhaus fand. Von Montag bis Freitag trieb er sich herum, im wahrsten Sinne des Wortes. Er schlenderte durch die Geschäftsstraßen. Saß in kleinen Imbißlokalen, wo er belegte Brötchen verzehrte und Bier trank. Er wollte sich selber testen, wie lange er es aushielt. In öffentlichen Einrichtungen wusch er sich notdürftig, wechselte die Wäsche, zog ein sauberes Oberhemd an.

Einmal betrat er eine Kirche. Er setzte sich still auf eine Bank und versuchte zu beten. Seine Mutter hatte gebetet.

„Herr Gott“, murmelte er, „wenn es dich gibt, hilf mir. Weißt du einen Ausweg? Gib, daß ich ihn erkenne.“

Er fühlte sich etwas freier, der Druck, der auf ihm lastete, ließ etwas nach. Er ging in ein Museum, auch ein Ort der Stille. Er besuchte das Kino, um sich abzulenken. Irmgard sah er nicht. Sie hatte noch Sachen von ihm. Aber er mochte nicht zu ihr gehen.

Nachts saß er in der Bahnhofsgaststätte. In diesen fünf Nächten schlief er kaum und verfiel zusehends. Am Freitag brach er zusammen.

*

Joachim Fichtner hatte zu Ende erzählt. Der Arzt blickte ihm in die Augen: „Wir behalten Sie erst einmal hier. Damit Sie zur Ruhe kommen. Die Sozialfürsorge wird sich um Sie kümmern. Versuchen Sie, Abstand zu gewinnen. Gut, Herr Fichtner.“

Der Arzt fragte noch, ob das Krankenhaus Frau Schmoldt anrufen solle. Fichtner lehnte das ab. Es erschien ihm sinnlos. Der Arzt nickte.

Die Stationsschwester führte ihn in ein Vierbettzimmer. Fichtner streckte sich aus. Das erstemal wieder ein Bett seit Sonntag! Ein Gefühl von Geborgenheit erfüllte ihn. Es war dunkel, aber

das Dunkel war warm. Die Nacht starrte ihn nicht mehr so feindselig an.
Der letzte Gedanke, bevor er einschlief, war ein Dankgebet. Denn er wußte, er war erhört worden, damals, in der Kirche, als er zu Gott rief.
Sein Leben war nicht verpfuscht, es besaß unverlierbaren Wert.
Am nächsten Vormittag wurde er ins Stationszimmer gerufen. Eine Mitarbeiterin von der Fürsorge war gekommen, um mit Fichtner über seine Zukunft zu sprechen.
„Herr Fichtner, ich mache Ihnen einen Vorschlag. Ich habe eine offene Stelle in einem Heim für schwererziehbare Kinder. Es ist keine leichte Aufgabe. Würden Sie sich das zutrauen? Vor allem, dort ist ein Zimmer frei. Sie hätten also eine Bleibe."
Fichtner überlegte. Kinder, dazu noch schwer erziehbar, würde er das schaffen? Es käme auf einen Versuch an. Er erbat sich einige Bedenkzeit.
Als er aus dem Krankenhaus entlassen wurde, hatte er zugesagt. Kinder, die Schwierigkeiten mit dem Leben haben - war das nicht auch sein Problem? War es möglich, die Ereignisse der Vergangenheit im Dienst an anderen aufzuarbeiten? Die Zukunft würde zeigen, ob ihm das gelingen würde.

*

Zehn Jahre später.
Immer, wenn der anerkannte Heilpädagoge Joachim Fichtner einmal etwas Zeit erübrigen konnte - was übrigens selten vorkam -, besuchte er die Bahnhofsgaststätte. So auch an diesem Tag. Er wollte zu einem Fachkongreß nach München fahren und war eine halbe Stunde früher da. Er suchte sich einen einsamen Tisch. Denn nun wollte er mit seinen Gedanken allein sein.
Er sah sich im Raum um, als suche er jemanden, der aber nicht anwesend war. Dann nahm er seine Brieftasche heraus, legte ein Blatt vor sich hin, auf welchem folgende Verse standen:

Wer des Lichts begehrt,
Muß ins Dunkel geh'n.
Wo das Grauen mehrt,
Läßt das Heil ersteh'n.

Wo kein Sinn mehr mißt,
Waltet erst der Sinn.
Wo kein Weg mehr ist,
Ist des Wegs Beginn.

(Manfred Hausmann)